나는 내일이면
이 남자를
떠날 것이다

■ 이옥진

대구 출생으로 연세대학교 음악대학과, 이화여자대학교 대학원 신문방송학과를 졸업했다. 1991년《현대시》신인상으로 등단했고, 시집으로《새들은 풀잎색 빗소리를 듣는다》(1995년, 둥지)와《절벽 위의 붉은 흙》(2002년, 문학수첩) 등이 있고, 포토포엠《그곳에 내 집이 있었네》(2002년, 눈빛)가 있다. 현재 한국시인협회와 가톨릭문인회, 이대동창문인회, 여성문학인회 회원으로 활동하고 있다.

나는 내일이면 이 남자를 떠날 것이다

1판 1쇄 발행 2012년 1월 27일
지은이 이옥진 **펴낸이** 임홍빈 **펴낸곳** (주)문학사상
주소 서울특별시 송파구 오금동 91번지(138-858) **등록** 1973년 3월 21일 제1-137호
편집부 02-3401-8543~4 **영업부** 02-3401-8540~2 **팩시밀리** 02-3401-8741
한글도메인주소 문학사상 **홈페이지** www.munsa.co.kr **이메일** munsa@munsa.co.kr
지로계좌 3006111

ISBN 978-89-7012-870-2 03810

나는 내일이면 이 남자를 떠날 것이다

이옥진 장편소설

문학사상

오늘의 나를 있게 하신 아버지께 이 책을 바칩니다.

| 차례 |

새해는 늘 어수선한 가운데 지나갔다. 제야의 종소리를 엊그제 들은 것 같은데 벌써 2월이었다. 다린은 분주하게 가방을 챙겼다. 파리에서 열리는 세미나에 참석하기 위해 출국 준비를 하는 것이었다. 열흘간의 여정이었다. 세미나 일정이 끝나면 한 이틀은 지난번 여행 때 제대로 보지 못했던 루브르 박물관도 가고 한가롭게 센 강변도 거닐며 쉬다 올 예정이었다.

다린은 인천 공항에 도착해 핸드백 속의 여권을 확인한 후 고개를 들었다. 그때 저 멀리 서 있는 사람에게 다린의 눈빛이 강렬하게 꽂혔다. 숨이 잠시 멎는 것 같았다. 그였다. 철진이었다.

철진의 모습은 곧 북적대는 인파들 사이로 사라졌다. 20여 년 만에 보는 것이었지만 그라는 걸 금세 알아볼 수 있었다.

출국 수속을 마치고 비행기에 오를 때까지 다린의 머릿속에는 철진의 이름이 맴돌았다. 학창 시절의 캠퍼스와 녹색 벤치, 플라타너스 길, 철진과 자주 먹었던 프렌치토스트의 노란빛과 계피 향……

비행기가 날아올랐다. 지상에서 점점 멀어져갔다. 고도가 높아

질수록 작게 보이는 집, 길, 그리고 산과 숲. 가느다란 길들은 사방으로 뚫려 있었다. 그리고 사방으로 이어져 있었다. 어느 길로 가더라도 길은 길이었다.

흘러가는 구름을 바라보고 있으려니 가슴을 짓누르던 일상의 무게가 가벼운 솜털처럼 느껴졌다. 정지된 시간이 조용히 침묵하고 있었다. 구름의 바다 위를 황홀하게 날아가고 있었다.

다린의 가슴에 기쁨이 잔잔하게 일었다.

파리는 그곳을 찾는 사람들에게 열려 있는 도시 같다. 다린의 첫 번째 파리 방문은 크리스마스 즈음이었다. 샹젤리제 거리를 아름답게 장식한 작은 불빛들이 보석처럼 빛나던 신혼 여행길.

드골 공항의 회색빛 하늘에 오후의 젖은 태양이 비치고 있었다. 봄은 아직 멀었기에 약간 을씨년스런 날씨였다. 공항에서 택시를 탔다. 파리에서 택시 운전사 자격을 얻는 것은 대학 입학 자격 시험인 바칼로레아에 합격하는 것만큼이나 어렵다고 한다. 파리의 택시 운전사는 좁은 골목길이라 해도 이름과 번지수만 대면 쉽게 찾아준다. 그들의 강한 프로 의식을 엿볼 수 있다. 샹젤리제 대로 가까이에 있는 케플러 호텔로 가자고 했다. 신혼여행 때 머물렀던 호텔이라 낯설지 않다는 점이 마음에 들었다. 이탈리아풍으로 잘 가꾸어진 정원이 있어 아름답고 에펠탑과도 가까운 곳이었다.

다린은 여장을 풀고 샹젤리제 대로로 걸어 나갔다. 자유가 느꺼지는 시간이었다. 싸한 바람이 상큼했다. 팔에 걸쳤던 푸른색 스카프를 등으로 돌려 어깨를 감쌌다. 다린은 샹송 가수 이베트 지로가 부른 〈미라보의 다리〉를 콧노래로 흥얼거렸다.

"……날이 가고 세월이 지나면 가버린 시간도 사랑도 돌아오 지 않고 미라보 다리 아래 센 강만 흐른다……."

기욤 아폴리네르의 시에 레오 페레가 곡을 붙인 〈미라보 다리〉.

미라보 다리 아래 센 강이 흐르고

우리의 사랑도 흘러간다

그러나 괴로움에 이어서 오는 기쁨을

나는 또한 기억하고 있나니

밤은 오고 종이 울리네

세월은 흘러가는데 나는 여기 머문다

손에 손을 잡고서 얼굴을 마주 보자

우리의 팔 밑으로

미끄러운 물결의

영원한 눈길이 지나갈 때

밤은 오고 종이 울리네

세월은 흘러가는데 나는 여기 머문다

흐르는 강물처럼 우리의 사랑도 흘러간다

아, 어찌도 인생은 이같이 느린가

희망은 어찌 이같이 솟아나는가

밤은 오고 종이 울리네

세월은 흘러가고 나는 여기에 머문다

센 강의 유람선 시간을 알아보기 위해 127번지에 있는 관광 안내소에 들렀다. 바토 무슈와 바토 파리지앵 사에서 저녁 식사를 하며 센 강을 유람하는 프로그램이 있었다.

다린은 한 잔의 커피를 앞에 두고 카페에 앉았다. 우수와 같은 쓸쓸함이 밀려왔다. 우울한 파리의 하늘에 저녁노을이 지고 있었다.

* * *

세미나가 열리는 호텔은 다린이 머무는 곳에서 멀지 않았다. 21세기 여성 정책의 현재와 미래 및 여성의 권익 향상에 대한 세미나였다. 사회학, 정치학, 여성학 학자들이 모두 참석해 있었다.

다린이 호텔에 도착했을 때 정문 앞은 복잡했다. 취재진들과 카메라맨들의 부산스러움을 피해 세미나가 열리는 3층 회의실로 갔다. 세미나는 여러 방에서 각기 다른 주제로 동시에 열리고 있었다. 다린은 회의실 입구에서 동시 통역기를 받기 위해 신분증을 맡겼다. 영어, 불어, 독일어, 이태리어, 스페인어, 5개 국어로 통역되고 있었다. 다린은 언제쯤 한국어로도 통역이 가능할까 하는 생각을 했다. 다린이 신청한 세미나가 진행되는 방으로 향했다. 세미나실 입구에서 타 대학교 교수를 만나 반갑게 인사를 나누었다.

단상에서는 복지국가인 스웨덴의 연사가 여성 정책에 대해 발표하고 있었다. 천여 명이 넘는 참석자들이 통역 내용을 놓치지 않으려고 집중하고 있었다. 다음 연사는 미국의 교수였다. 미국의 연구 경향은 여성 공무원의 조직 내 차별, 또는 관리직 여성의 육성을 위한 분석이 주를 이루었다. 각 국가마다 시각의 차이나 연구 방향 및 방법의 차이는 있었으나 기본적으로 여성이 소외 계층이라는 시각에는 이견이 없었다.

다린은 연사의 발언이 끝나고 박수를 치며 주위를 둘러보았다. 여기에 앉은 모든 사람들이 같은 것을 추구하는 한 무리라는 것이 작은 위안을 주었다.

뼛속까지 자유롭고 싶은 여자가 센 강변을 거닐고 있었다. 센 강변을 거닐면 언제나 사람이 그리워지곤 했다. 경쾌한 발걸음으로 속마음을 털어놓으며 어깨를 나란히 할 수 있는 사람이 그리워지곤 했다. 존재 자체가 기쁨이 되는 사람이 그리워지곤 했다. 파리의 겨울은 구름에 덮여 흐렸다. 맞은편에서 트렌치코트 깃을 세운 한 초로의 여자가 걸어오고 있었다. 보부아르처럼 머리에 스카프를 두른 여성의 얼굴이 평화로웠다. 파리지앵의 자유로움이 느껴졌다. 보부아르⋯⋯. 보부아르와 사르트르⋯⋯. 다린은 문득 철진의 얼굴이 떠올랐다.

다린은 대학 2학년 때 철진을 만났다. 당시 철진은 복학생이었다. 철진과 다린은 교내 플라타너스 나무 아래 벤치에서 사르트르와 보부아르의 계약 결혼과 철학에 대해 많은 이야기를 했다. 인간이 자신의 의지대로 스스로를 창조하고 자유로울 수 있는 존재인가에 대해서도 토론했다. 진실과 자유, 우연과 필연 등등.

그러나 결혼 후 다린의 희구와는 모순되는 여러 가지 일들을 겪으며 선택의 자유는 무거운 책임감으로 다가왔다. 진정한 행복을 느끼지 못한 채 아이를 낳았고, 마음 깊은 곳에 따사로운 감정을 느끼지 못한 채 살아가고 있었다. 자신이 심각한 애정 결핍증을 앓고 있다고 느끼기도 했다.

다린은 자신의 영혼이 다 빠져나간 것 같은 느낌이었다. 빈껍데기의 바스락거리는 소리가 들리는 것 같았다. 자신의 숙명을 살아가는 길에 짊어진 그녀의 십자가가 무거웠다. 사막처럼 기댈 곳이 하나도 없는 것 같은 막막함이 있었다.

다린은 몽파르나스 역으로 갔다. 노트르담 대성당에 가고 싶었다. 신혼여행 때 들른 노트르담 대성당 안은 스테인드글라스를 통해 스며든 엷은 빛이 파란색 세계로 물들이고 있었다. 황홀한 그 빛에 대고 기도하던 자신의 모습이 떠올랐다.

열차의 창에서 노트르담 대성당의 첨탑 두 개가 보였다. 높이 솟아 있는 첨탑이 먼 길의 방향을 안내하는 것 같았다. 저 첨탑처럼 다린의 마음에 우뚝 세우고 싶은 것이 무엇일까? 다린은 열차에서 내려 역 앞의 완만한 경사 길을 지나 광장에 다다랐다. 광장을 지나자 노트르담 대성당에 이르렀다. 고딕 양식의 첨탑은 너무나 섬세하고 치밀했다. 성당은 성스러움으로 그득했다. 가슴이 벅찼다. 성당에 들어서자 오른쪽에 금발 여인이 촛불을 켜고 기도하고 있었다. 노트르담 성당에서는 나폴레옹을 비롯한 여러 황제들의 대관식이 치러졌고 잔 다르크의 복원 재판도 이루어졌다. 일렬로 늘어선 기둥들과 조화를 이루고 있는 천장의 모습은 황홀했다. 성당 내부에는 성경 내용을 주제로 한 수많은 조각들이 있었다. 신성함이 배어 있는 성당이었다. 성당 남쪽 장미창은 성모마리아를 상징했다. 스테인드글라스의 문양은 아주 섬세했다. 어두운 음영 속에 피어 있는 푸른 정열의 불꽃이었다. 정지된 불꽃의 아련함이 느껴졌다. 노트르담 성당은 성모마리아를 위해 지어진 성당이었다.

푸르스름한 빛 사이로 성스러움에 젖은 한 여인이 보였다. 눈을 지그시 감은 채 묵주를 입가에 갖다 댔다. 그리고 촛불 하나를 사서 불을 켜고 소원을 빌었다.

다린은 자신이 마음먹은 것에 능동적이고 적극적인 자세가 필요하다는 것을 자각했다. 삶에 대한 열정과 사람에 대한 사랑을 회복하고 싶었다. 망각하고 있는 자신으로부터 확고한 자신을 찾고 싶었다.

다린이 노트르담 대성당 바깥으로 나오자, 흐렸던 하늘에 태양이 얼굴을 수줍게 내밀었다.

* * *

세미나 두 번째 날의 주제는 '세계화와 여성 문제'였다. 세계화가 여성에게 어떤 영향을 미치고 있는가를 조명하는 것이었다.

세계경제 체제에서는 초국적 투자 기업들이 값싸고 유동적인 노동력을 필요로 한다. 현재의 값싼 노동력으로서 여성 노동력의 기회는 늘어난다. 그러나 여성들은 기술 부족, 정보 부족, 성적 차별, 가사와 육아, 문맹으로 인하여 세계화가 가져다주는 전반적인 경제 성장의 혜택과 기회를 누리지 못하는 경향이 있다. 세계화 진행에서 여성 노동의 역할이 증대함으로써 여성 노동에 대한 새로운 가치 평가가 이루어지면 이것이 여성의 권리를 증진하는 결과를 초래할 것이다. 책임과 역할을 통한 권리 보장으로 가야 한다. 국제적 수준과 국가적 수준에서 경제적, 사회적,

정치적 구조 개혁을 통한 사회적 정의와 양성 평등을 실현해야
한다는 내용이었다.

　오후 5시가 넘어 세미나가 끝났다. 다린은 세미나장 앞에 준비
된 음료를 마시면서 한국에서 참여한 몇몇 여성학자들과 이야기
를 나누었다. S여대 교수가 "행정력이 제대로 미치지 않는 인디
오 지역에 거주하는 어린이들은 여러 가지 풍토병과 함께 상상
도 할 수 없는 성폭력에 시달리고 있으며 외부와 격리된 인디오
주민들의 생활 특성상 가족에 의한 성폭력도 자주 일어나고 있
어요"라고 말했다.

　다린은 "한 사람 한 사람의 생애는 존중받아야 하며, 모든 불
균등한 힘의 관계를 인식하고, 여성을 주변화하는 제도적이고
체계적인 힘의 본성과 방향을 바꾸는 일이 필요해요. 그리고 최
근 국제사회의 여성 이주 문제도, 인권이 어떻게 침해되고 유린
되고 있는지 살펴야 한다고 봐요"라고 말했다.

　급진하는 세계화로 인해 국가 간의 경제적 상호 의존성이 증가
하고, 이에 따라서 전 세계 여성 인구 이동이 확산되고 있다. 대
만의 경우 베트남과 태국 여성이 증가하고, 말레이시아의 경우
캄보디아 여성이, 한국의 경우는 몽골, 러시아, 우즈베키스탄의
여성 이주가 증가하고 있다. Y대의 정 교수는 "저개발 국가에서
여성 이주자의 인권 보호가 우선되어야 해요"라고 말했다.

　카페에 가기 위해 밖으로 나올 때였다. 한 무리의 사람들 중에

서 누군가 유심히 다린을 보는 것 같은 느낌을 받았다. 다린은 천천히 뒤를 돌아다보았다.

현실과 꿈 사이에 있는 것일까? 철진이 카키색 트렌치코트를 팔에 걸친 채 다린을 뚫어져라 쳐다보고 있었다. 순간 두 사람은 하얀 석고상처럼 손, 발, 눈동자까지 굳어버렸다. 얼마간의 시간이 흘렀을까? 철진이 그 특유의 한쪽 입가가 올라가는 미소를 지은 채 다린에게 손을 내밀며 다가왔다. 아름다운 운명이 다가오는 것같이 다린의 가슴이 두근거렸다.

순간, 다린의 머릿속에는 흑백필름이 거꾸로 마구 돌아가고 있었다. 어느 한 지점에서는 화려한 오색 무지개를 배경으로 젊은 시절의 철진과 다린의 모습이 투사되기도 했다. 철진이 검은 양복을 깔끔하게 차려입고 만났던 어느 한 순간과 연구실에서 그가 끌던 슬리퍼 소리와 함께 캠퍼스의 정경들이 눈앞을 스쳤다. 하얀 새들이 한꺼번에 푸른 하늘을 날아오르고 있었다. 철진의 젊은 시절 모습과 다가오고 있는 철진의 모습이 오버랩되어 다린은 눈을 껌벅여야 했다.

철진이 손을 내밀었다.

파리의 하늘에서는 부슬부슬 비가 내리고 있었다. 우산을 쓰지 않고 맞으며 걸어도 좋을 만큼의 비가 내리고 있었다.

철진도 같은 세미나에 참석하고 있었다.

다린과 철진은 동행들과 인사를 나누고 둘만의 시간을 갖기로 했다.

철두철미하던 철진은 우산을 꺼내들고 있었다. 대학에 다닐 때도 그랬다. 다린이 한 손으로 머리 위에 큰 책을 하나 올린 채 긴 머리카락을 휘날리며 다른 건물의 강의실로 뛰어가다 보면 철진이 어느새 다가와 우산을 받쳐주던…….

우산 속은 아늑했다. 포근한 작은 공간 속에서 은은함과 애틋함이 교차하는 미묘한 감정이 일었다. 간절히 좋아했던 사람. 가슴 저 밑바닥에 자리 잡은 채 잊히지 않았던 사람. 샹젤리제 거리에 비가 내려 카페들이 하나둘 이른 시각에 불을 밝혔다. 불빛이 보도를 반짝반짝 빛나게 하고 있었다. 내리는 빗방울에 길디긴 금빛 그림자가 일렁였다. 샹젤리제 거리의 가로수들이 생기를 더하는 것 같았다.

철진이 "우리 몇 년 만이죠?" 하고 물었다. 다린은 즉각 햇수를 헤아릴 수 없었다.

"십…… 아니 이십 년의 세월이 흘렀네요."

철진이 말했다. "그렇게 되었네요." 서먹한 시간이 흘렀다.

다린과 철진은 길가에 있는 카페로 갔다. 테라스는 비가 내려 서늘하니 실내로 들어갔다.

철진이 카페의 창가 자리에 앉기를 권했다. 샹젤리제 거리 너머를 바라보는 다린의 머릿속에서는 철진과의 지난날들이 순간순간 스크린 위에 펼쳐지는 영상처럼 짧게 떠올랐다.

한 사람의 존재가 또 다른 한 사람의 생애에 어떤 영향을 미치는 것일까?

철진이 트렌치코트를 옆 의자에 내려놓고 싱긋 웃으며 앉았다.

"오랜만이니 다시 악수 한번 합시다" 하며 손을 내밀었다.

다린은 엷은 미소와 함께 손을 맞잡았다.

철진이 다린의 손을 힘주어 잠시 잡았다가 다린의 눈을 빤히 쳐다보고는 놓았다.

다린이 대학 4학년 때였다. 철진은 아버지의 갑작스런 죽음으로 혼란스러워하다가 휴학을 했다. 활달한 성격이기보다는 치밀하고 자존심 강한 청년이었다. 한 사람이 다른 한 사람을 사랑한다는 것이 여러 가지 이유로 어려움이 있는 것인가. 다린은 결혼을 생각하지 않고 만남 그 자체가 좋기만 하던 철부지였다. 날이 갈수록 어두워지던 철진. 철진에겐 다린이 누리고 있는 경제적인 부가 부담이 되고 있었다.

다린은 철진의 당당하던 그 뒷모습을 볼 수 없는 것이 내심 불만이 되어 갔다. 서로에게 속할 수가 없었다.

망각하지 않는, 할 수도 없는 그 무엇. 아주 오랜 시간이 지났어도 마른 흐느낌으로 남아 삶의 중력에서 잠시 벗어나는 순간이면, 봄날 휘날리며 지는 벚꽃처럼 아련한 기억으로 자리 잡아 가던 사람.

철진이 커피가 어떻겠느냐고 물었다. 그 말 속에 묻어나는 이해와 따사로움은 여전했다.

철진이 "지금도 아이리시 커피를 즐겨요?"라고 물었다.

다린은 고개만 끄덕였다.

대리석 같은 하얀 피부의 키 큰 웨이터가 왔다.

철진은 아이리시 커피와 에스프레소 큰 잔을 주문했다.

다린은 아득하던 그리움에 휩싸였다.

어떤 운명이 그들을 갈라놓았을까. 2월의 파리 하늘에는 비가 추적추적 내리고 있었다.

철진을 바라보던 다린이 웃음을 머금고 "너무 많은 시간이 흘렀네요"라고 말했다.

그러나 타임머신은 20여 년의 시간과 공간을 훌쩍 뛰어넘어 다린과 철진을 학창 시절로 데려다놓았다. 그 풋풋했던 시절. 우리가 무엇이 되고자 하면 다 될 수 있을 것 같던 시절. 초여름의 나뭇가지에 초록 잎이 무성하게 흩날리던, 물 머금은 싱싱한 푸른 잎의 시절.

재회는 기쁨과 함께 형언할 수 없는 슬픔이 가슴 한쪽 저변에 깔리는 묘한 기분을 느끼게 했다. 지난 시간이란 봄날 아지랑이처럼 다가가면 또 아득해져 다시 빈 벌판에 나를 홀로 남겨놓는 잔인한 순간이 아니던가.

갑자기 사라졌던 사람. 아무리 숲을 헤매도 찾지 못할 사람이라면, 다시는 만날 수 없는 사람이라면, 그건 우리의 운명일지도 모른다고 생각했던 사람을 먼 타국의 땅에서 마주하고 있었다. 있는 힘을 다해 보이지 않는 것을 찾다가 놓아버리는, 절박한 심정이었던 어떤 순간.

그 후 철진의 소식은 10여 년이 흐른 뒤, 바람결에 스치듯 들리는 소문으로 모 대학 교수가 되었다고 들었다.

* * *

철진과 헤어져 호텔로 돌아온 다린은 서둘러 샤워를 했다. 얼굴 가득 쏟아지는 물줄기를 맞으며 깊은 생각에 잠겨들었다.

인간과 인간 사이의 만남은 이 같은 필연 속의 우연으로 빚어지는 것인가?

왠지 철진의 얼굴에서 수심이 읽혔다. 그에게 묻고 싶던 말은 하지 않았다. 왜 갑자기 사라졌는지 묻지 않았고, 자신이 얼마나 힘들었는지도 말하지 않았다.

샤워 가운을 걸친 채 침대에 누운 다린은 '얼마 만의 행복인가? 지금 옆에는 아무도 없지만 참 행복하다'고 느꼈다. 아스라한 눈빛이 떠올랐다. 사르륵 잠에 빠져들었다.

오랜만에 깊은 단잠을 자고 일어나서인지 사뿐한 아침을 맞았다. 세미나가 열리는 호텔에 도착하니 문 앞에서 서성이고 있는 철진이 보였다. 그는 다린을 보자 손을 들어 인사를 건네며 성큼 성큼 다가왔다.

세미나의 마지막 날 오후에는 패널 토의를 개최한 후 송별 파티가 예정되어 있었다.

철진이 "센 강 디너 크루즈를 예약해놓았으니 저녁이나 같이 먹읍시다"라고 말했다. 다린은 싱긋 웃으며 "그래요"라고 대답했다.

다린과 철진은 송별 파티가 끝난 후 택시를 타고 에펠탑 아래 승선장으로 향했다. 바토 파리지앵의 승선장은 알마 다리 옆에 있었다. 센 강 크루즈는 에펠탑에서 출발해 부르봉 궁전, 오르세 미술관, 퐁네프 다리를 지나 노트르담 사원이 있는 시테 섬을 돌아 루브르 박물관을 거쳐오는 코스로 운행되었다.

해가 완전히 지지 않은 겨울의 센 강에는 쓸쓸함이 묻어 있었다. 배를 타기 위해 걸어가는 군중에 휩싸여 있던 다린은 갑자기 외로움을 느꼈다. 감성과 낭만의 도시에서 우울한 마음을 회복하지 못하고 있었다.

사람들은 규범을 어기고 무례하게 행동하는 사람을 볼 때 그들이 권력을 가진 사람이라고 생각한다. 남편은 늘 자신이 어떻게 행동하는지도 모르는 채 무의식적으로 타인을 무시했다. 다른 사람을 존중하고 겸손하게 대하지 않았다. 그런 남편과 살다가 다시 또 한 남자를 만났다. 타인을 배려하고 존중할 줄 아는 남자였다.

사람들에게는 각자 주어진 인생의 짐이 있다. 그 짐을 짊어지고 끝까지 갈 수도 있고, 그 짐을 지고 가다 작은 돌부리에 걸려 쉽게 넘어질 수도 있다. 아니면 아예 돌아서서 그 짐을 돌아보지 않는 사람도 있다.

다린은 늘 스스로 초연하게 지내려 했다. 어떤 일을 당하더라도 담담하게 처리했다. 선거 때에도 그랬다. 불같은 성격의 남편은 일이 마음대로 되지 않으면 선거 운동원들에게도 소리 지르며 화를 냈다. "왜 그 따위로 일을 처리해!", "그것밖에 못해!", "일을 그 따위로 하려면 때려치워!" 등등. 늘 그런 식이었다. 그때마다 다린은 선거 사무실로 가서 사무실 식구들을 다독여야 했다.

철진은 신사적이고 세심한 사람이었다. '남자다워야 한다'는 말은 가부장제 하에서 나온 말일 것이다. 반면 '세심하다'는 말은 남을 배려하고 자신이 받은 상처를 타인에게 주지 않으려는, 타인을 존중하는 태도이다. 철진은 온화하며 늘 평상심을 유지하고 마음을 맑게 가지는 사람이었다.

다린과 철진은 유람선 위에 올랐다. 유람선이 고요히 앞으로 나아갔다. 유람선의 레스토랑은 붉은색 식탁보와 노란색 냅킨으로 장식되어 있어 고급스러워 보였다. 두 사람은 창가 테이블에 자리를 했다. 턱시도 정장과 드레스를 입은 사람들이 많았다. 다린과 철진은 와인을 곁들인 식사를 했다. 다린은 철진과 와인 잔을 부딪치며 창밖을 보았다. 고풍스런 파리의 건물들이 저녁 어스름에 묻혀 더욱더 고고해 보였다.

서로에 대한 우정과 와인은 닮았다고 했던가?

다린은 '지금 내 옆에 있는 사람은, 내 생을 활짝 펴서 보여주었던 사랑이었고, 지금까지 은은하게 남아 있는 추억 속의 사람이었는데'라는 생각을 했다.

철진이 말했다. "만나게 되어 있는 사람은 다시 만나게 되나 봐."

다린은 혼자 되뇌었다. '만나게 되어 있는 사람은 다시 만나게 된다?'

"나는 어떤 곤란 앞에서 도망치는 사람이 아니야. 어떤 의미에서는 그런 곤란을 이겨내는 힘이 있는 사람일 거야. 그러나 너와의 장래에 대해서는 두려웠어. 그때는 내가 가장 힘든 시기였잖아. 마음의 준비도 되지 않은 상태에서 아버지가 돌아가시고, 너를 행복하게 해줄 자신이 없었어. 우연히 학교 앞에서 네가 차에서 내리는 모습을 보았지. 네 아버지께서 내리시더니 너의 어깨를 토닥이시고는 다시 차를 타고 떠나시더군. 회장님의 풍모가 내 뇌리에 꽂혔어. 너로 인해 내 가난이 눈에 보였어." 철진은 그 말을 하고 와인 한 모금을 마셨다. 다린도 와인 잔을 들고 한 모금 마신 후 말했다. "어떤 일에 부딪혔다 해도 내가 철진 씨를 참으로 필요로 하고 두 팔을 벌려 맞이할 준비가 되었는지 묻지도 않고 사라져버리면, 남은 사람은 어떨지 생각해봤어요?" 다린은 웃음으로 슬쩍 흘려버리려 했다. 정말 상상도 하지 못한 여행이지 않은가? 오랜만의 만남을 심각한 상황으로 몰고 가고 싶지 않았는지도 모른다.

센 강변의 야경은 아름다웠다. 환하고 은은한 조명을 받은 유명 건축물들의 고풍스런 자태가 한결 돋보였다. 조명으로 한층 멋들어진 유람선은 이름 모를 다리 아래를 지나고 있었다. 그때서야 배에 오를 때 안내인에게서 받은, 한국어 안내 통역기가 생각났다.

다린은 파리의 부드러운 자유의 바람을 맞고 싶었다. 흘러가버린 지난 시간을 다시 이야기하고 싶지 않았는지도 모른다. 뱃머리로 걸어 나왔다. 온몸으로 쏴한 바람이 스며들었다. 생각보다 차게 느껴졌다. 여기저기서 젊은 연인들의 아름다운 입맞춤이 이어졌다. 사람들 사이로 철진이 다린의 손을 살며시 잡았다. 손을 뿌리치지 않았다. 파리의 유람선 상에서는 다른 배의 사람들에게 손을 흔들어주는 여유로움이 있었다. 낭만이 있었다.

다린이 슬며시 손을 빼내어 통역기 리시버를 귀에 꽂으니 곧 지나갈 다리가 알렉산드르 3세 다리라고 했다. 센 강의 여러 다리 중에서 가장 화려하게 장식되어 있었다. 1896년 세계 박람회 때 만들어진 유서 깊은 다리였다. 화려한 장식으로 치장된 가로등과 황금색으로 칠해진 천사상 탑이 아름다움의 극치로 느껴졌다. 천사상을 바라보며 다린은 자신의 마음도 천사처럼 가벼워졌으면 하고 생각했다.

알렉산드르 3세 다리를 지나면 곧 선착장에 도착하게 되었다. 둘이 함께할 수 있는 밤의 시간은 짧기만 했다. 눈에 보이지 않아도 확실하게 느껴지는 것이 있었다. 지금 그들은 행복했다.

호텔 앞까지 데려다준 철진이 "내일 같이 투어하면 어때?"라고 물었다. 다린은 흔쾌히 승낙했다. 호텔로 돌아온 다린은 혼란스러웠다. 아무리 생각해도 우연치고는 너무 우연인 만남이었다. 둘이 있을 때는 즐겁고 기분이 좋았으나 헤어져 혼자일 때는 잠깐 멍해지는 기분이었다. 만남 뒤에는 슬픔의 자락이 길었다.

사랑은 함께 있을 때엔 모르다가 헤어진 뒤에야 알게 되는 것일까. 인생이란 그런 것일까.

살다 보면 우연 그 이상의 운명과도 같은 일을 만나게 된다. 그토록 찾으려 해도 소식을 알 수 없던 그 사람이 지금 다린의 앞에 나타났다.

돌아가는 철진의 뒷모습이 왠지 모르게 쓸쓸하게 느껴졌다.

파리 시는 크게 중심부의 시테 섬과 센 강을 중심으로 좌안과 우안으로 구분된다. 총 20개의 구로 되어 있으며 각 구들은 파리의 심장부로부터 달팽이의 소용돌이 꼴로 번호를 매겨 제1구, 제2구 등으로 불린다. 센 강 오른쪽 강변에는 상업이 성하고 왼쪽 강변에는 소르본 대학 등 교육 시설과 문화 시설들이 많다. 파리 사람들은 '오른쪽 강변에서는 돈을 쓰고, 왼쪽 강변에서는 머리를 쓴다'는 우스갯소리를 하곤 한다.

새벽에 잠깐 비가 내린 파리의 하늘은 맑게 개어 있었다. 다린은 편안한 신발을 신고 푸른색 스카프 하나를 백에다 챙겨 넣으며 로비로 내려갔다. 철진이 카키색 트렌치코트를 입고 호텔 문으로 막 들어서고 있었다. 로비에 있는 소파에 몸을 깊이 기대앉은 철진이 "잘 잤어?" 하고 물었다.

다린은 하룻밤 사이 철진의 얼굴이 푸석해졌다고 느꼈다. "책 조금 읽다가 곧 잠들었어요"라고 대답하긴 했지만, 다린도 잠을 설치기는 마찬가지였다.

철진이 "어디 가보고 싶어?" 하고 물었다. 다린은 "노트르담 성당은 이미 갔다 왔어요"라고 대답했다.

다린과 철진은 호텔에서 간단한 식사를 한 후 센 강변으로 향했다. 비 내린 후의 센 강은 바람 따라 유유히 흐르고 있었다. 강을 따라 걷는 사람들의 발걸음에도 여유가 있었다. 새들이 나무 위에서 신선한 목소리로 지저귀고, 개를 데리고 산책하는 사람들의 모습에서는 은은한 빛이 나는 듯했다.

해가 뜨고 지고 다시 또 뜨고 지고를 몇 해 동안 했던가. 다린은 자유롭게 걸어 다니면서도 흐르는 물살 위의 시간들을 셈해보곤 했다. 사방은 온통 자유의 물결.

다린은 철진의 표정이 그리 밝지만은 않다고 느꼈다.

물랭 루주를 지나 차를 타고 몽마르트르 입구에서 내려 걸어갔다. 언덕 아래에서 걸어도 얼마 걸리지 않았다. 언덕길에는 골목마다 예쁜 소품과 그림을 파는 가게가 있어 시간 가는 줄 모르고 구경하기에 좋았다. 다린은 신혼여행 때 가이드가 분홍빛 벽을 가리키며 사르트르가 잘 가던 카페였다고 말하던 건물을 보았다. 보부아르와 사르트르에 심취해 있던 철진이 지금 다린 옆에 있었다. 다린과 철진은 하얀색 때문에 더욱 성스러워 보이는 사크레쾨르 성당이 보이는 카페에서 커피를 주문했다.

다린은 거룩한 순교자 생 드니가 생각났다. "파리의 초대 주교였던 성인 디오니시오가 생 드니라고도 하죠. 이 산에서 순교하여 '순교자의 산'이라는 뜻으로 몽 데 마르트르(Mont des Martyrs)로 불리다가 후에 몽마르트르로 불렀대요"라고 다린이 말했다.

철진이 "유럽 여행을 하며 많이 느끼는 것 중 하나가 종교에 대한 단상이지"라고 말했다.

다린이 "여러 곳에 가톨릭 역사가 깃들어 있기 때문에 자연스럽게 나의 신실하지 못한 믿음을 조금 반성하게도 되죠"라고 웃음 섞인 목소리로 말했다.

날씨가 조금 쌀쌀하게 느껴졌다. 다린은 커피를 마시면서 몽마르트르 언덕의 북적대는 카페와 오고가는 수많은 사람들의 얼굴들을 하나하나 바라보았다. 삶의 중력에서 벗어난 그들의 얼굴에는 밝음과 웃음이 있었다.

또 한 사람의 얼굴이 떠올랐다. '그때는 다정다감했었지.' 남편과 다정하게 찍은 사진도 떠올랐다. 다린은 '나는 무엇을 기다리는가?' 하고 혼자 되뇌었다.

다린과 철진은 카페의 오른쪽 언덕을 올랐다. 무명 화가들이 자신들의 그림을 팔며 초상화도 그려주고 있었다. 이런 곳에서도 파리의 예술을 이어가는 힘이 느껴졌다. 구레나룻을 하고 과묵하게 생긴 사람도 그림을 그리고 있었다. 그림이 꽤 괜찮아 보였다. 다린은 사크레쾨르 성당을 배경으로 한 작은 그림 하나를 샀다.

다린과 철진은 루브르 박물관, 베르사유 궁전, 개선문을 들른 후 저녁을 먹고 에펠탑으로 갔다. 소설가 모파상이 흉물스럽다면서 '에펠탑이 보이지 않는 곳에 살고 싶다'며 매일 점심을 에펠탑 안에 있는 식당에서 먹었다는 그곳에는 많은 관광객들이 쌀쌀한 날씨에도 불구하고 담배 한 대를 피워 물며 모여들고 있었다.

에펠탑 4개 다리 중 북쪽 다리 앞에는 에펠의 흉상이 묵묵히 자리하고 있었다. 한 시간마다 10분씩 에펠탑에는 불이 켜졌다. 반짝이는 불빛.

첫 번째 전망대에는 에펠탑의 역사를 알려주는 사진이 전시되어 있었다. 관광객들 사이에서 철진은 다린의 어깨에 자연스럽게 손을 얹고 걸었다. 세 번째 전망대는 276미터 높이에 있었다.

어둠 속에서 빛나는 프랑스 거리. 하나둘 눈발이 흩날리다가 점점 더 많은 눈이 내렸다. 에펠탑 위의 붉은 조명을 받아 눈송이는 붉은빛을 띠며 내려앉았다.

다린은 전망대 창에 서서 눈 내리는 파리 시내를 바라보았다. 늦은 시간까지 불빛과 함께 빛나고 있었다. 다린의 얼굴 앞으로 무엇인가가 스쳤다. 철진이 다린의 목에 목걸이를 걸어주었다.

"웬 목걸이예요?" 다린이 말하자 "생일이잖아" 하고 말했다. 그제야 다린은 오늘이 자신의 생일임을 알아차렸다. 다린은 아직 선잠에서 깨어나지 못한 사람처럼 말 한 마디 못 하고 철진의 얼굴을 빠끔히 쳐다보기만 할 뿐이었다.

"생일 축하해!"

철진이 다린의 이마에 가볍게 입을 맞추며 싱긋 웃었다.

다린도 웃으며 "고마워요, 생각도 못 했는데……"라고 말했다.

주변에 있던 관광객들이 같이 박수를 치며 축하해주었다. 다린은 외국인들에게 고개를 까닥이며 웃음으로 화답했다. 두 손을 올려 목걸이를 가만히 만져보았다. 마음이 따뜻해져 왔다.

다린이 내려다보는 파리의 거리는 더욱더 빛을 발했다.

* * *

영원한 겨울은 없다. 밤늦은 센 강변은 자유의 물결이 넘실댔다. 모든 것이 빛나고 있었다. 다린은 잊었던 기쁨을 느꼈다. 향기로운 바람을 온몸으로 느낄 수 있었다. 지상에서 가장 행복한 사람처럼 느껴졌다. 어느새 눈이 그치고 하늘에는 하얀 달이 떠 있었다. 다린과 철진은 잔디밭에 누웠다. 다린은 설레는 자신이 두려웠다.

다린이 말했다. "산다는 건 한 타래의 실 꾸러미를 헝클어지지 않게 풀어 나가는 과정이라고 생각해요. 그리고 결혼이라는 건 끊어지기 쉬운 실과도 같고 깨어지기 쉬운 유리병 같기도 하다고요."

말없이 듣고만 있던 철진이 "흠" 하고 긴 숨을 쉬는 듯하다가 "난 3년 전에 사별했어"라고 말했다. 다린은 깜짝 놀랐다. 서로의 속내를 이야기하지 않고 있다가 갑자기 들은 이야기라서 더욱 놀랐다.

"자궁암으로 몇 년을 고생하다가 갔지." 다린은 "아이는요?" 하고 물었다.

"딸 둘. 이제 자기 앞가림들은 하니까 괜찮아"

그러고는 말을 바꾸려 했다. 다린은 뭐라 할 말을 찾지 못하고 있었다. 철진의 뒷모습 어딘가에 묻어 있는 쓸쓸함의 정체를 이제야 알 것 같았다. 한때 자신의 가슴 깊이 깃들어 있던 상대가 처해 있는 상황에 가슴이 저려 왔다.

연인들이 밤새워 이야기를 나누는 센 강변을 뒤로하고 그들은 다린의 숙소를 향해 나란히 걸었다.

"결혼 생활은 좀 어때?" 하고 철진이 물었다.

"음, 남편이 엄격해서 조금 힘들어요"라고만 말했다.

이윽고 다린이 묵는 호텔 앞에 다다랐다. 내일이면 철진은 서울로 돌아갈 것이다. 아무리 생각해도 철진을 호텔 문 앞에서 그냥 보낼 수가 없었다. 그리고 선물에 대한 보답도 하고 싶었다. 이제 헤어지면 일부러 만나게 되지는 않을 것이다. 때마침 남편 주려고 샀던 사파이어 커프스 버튼이 생각났다.

"방에 가서 차 한 잔 하고 가요." 다린의 말에 철진은 주저하지 않고 눈을 한 번 끔벅이는 것으로 대답을 대신하고는 아무 말 없이 뒤따라 들어왔다.

다린은 서울에서 가져온 얼그레이 차를 준비해서 철진에게 다가갔다. 그때 갑자기 철진이 다린을 꼭 끌어안았다.

"나는, 난 너를 잃어버리고 싶지 않았어."

다린은 정신을 잃을 지경이었다. 혼란스러웠다. 눈물이 맺혔다. 늘 자신의 곁에 있기를 바랐던 남자였다. 사랑은 시간과 공간을 뛰어넘게 하는 마력을 지녔던가.

철진이 두 손으로 다린의 얼굴을 감싸 쥐며 입술을 찾았다. 비 내리는 날 우산 속에서의 첫 키스가 다린의 머릿속을 스쳤다. 다린도 철진을 한참 동안 꼭 끌어안았다. 오랫동안 그렇게 있고 싶었다. 오늘은 세상에서 가장 행복한 입맞춤을 하는 것 같았다. 헤어지지 않았다면 그들은 완벽한 조화를 이루는 한 쌍이 되었을 것이다. 그러나 이제는 너무 늦었다.

한 사람 생애의 모순과 이율배반을 처절하게 읽고 나면, 그 후엔 반란이 시작되는 것일까. 전혀 새로운 삶이 시작되는 것일까. 거부할 수 없는 자유를 꿈꾸게 되는 것일까.

철진이 다린의 가슴을 더듬었다.

"너와 한 번만, 한 번만 하나이고 싶어."

다린은 철진을 데리고 호텔 정원으로 나왔다. 정원의 나무들 사이로 파리의 쓸쓸한 새벽 별 몇 개가 보였다. 긴 침묵이 흘렀다. 말이 없어도 행복했지만 가슴 한쪽에는 아픔이 가득했다. '이 사람을 이대로 보내야 하나? 그에게 상처를 줘야 하나?' 의문이 들기도 했다.

철진은 아침 식사 후 공항으로 가야만 했다. 그리움이 가득한 눈빛을 다린의 가슴에 남기고 철진은 떠났다.

다린은 오펜바흐의 〈자클린의 눈물〉을 들었다. 첼로 연주곡이 다린의 가슴속에 저며들었다. '나는 그를 얼마나 알았을까? 어젯밤 그가 흘리던 눈물의 의미는 무엇이었을까?'

다린은 철진과의 20여 년간 엇갈린 운명을 서서히 깨달았다. 다린이 좋아했던 철진의 긴 손가락 하나도 스스럼없이 만지기 어렵게 하는 마음의 장벽이 있었다. 다린은 철진의 반월 또렷한 손톱이 늘 지성적이라고 느끼곤 했다. 검고 숱 많던 그의 머리카락도 잎 떨군 스산한 겨울 숲과 같았다.

호텔방에 홀로 덩그러니 남겨진 다린은 자신이 누구를 위한 삶을 살고 있는 것일까 하는 생각을 했다. 고귀하고 야들야들하던 청춘의 시간. 주무르면 주무르는 대로 형태가 만들어지던 시간.

이미 예약을 마친 스위스로 가기 위해 길을 나섰다. 설령 오늘 저녁 마음을 바꿔 돌아오는 한이 있더라도 우선은 길을 떠나야 했다. 잎사귀가 다 떨어진 겨울이 또다시 돌아와도 그 다음에는 꽃 피는 봄이 기다리고, 여름도 돌아오니……

다린은 지금 자신의 삶이 만족스럽지 않은 것은 자신의 의지력 부족 탓도 있다고 생각했다.

'한창 철진을 만날 때에는 내 인생의 목표도 뚜렷했는데……'

다린은 푸른색 스카프를 핸드백에 살며시 묶고, 기차를 타기 위해 역으로 향했다.

파리에서 제네바로 떠나는 기차는 매시간 있었다. 다린은 열차에 올라 창가 쪽 좌석에 앉았다. 잠시 후 기차는 스위스를 향해 서서히 움직이기 시작했다. 얼마 가지 않아 창가에 끝없이 하얀 눈밭이 펼쳐졌다. 흩날리는 흰 눈과 함께. 너무 적막하게 아름다웠다. 눈 덮인 산과 밭이 하나 되어 풍경을 이루고 있었다. 신비한 느낌의 경치가 펼쳐졌다. 한없이 고요한 풍경이었다. 정적의 시간.

다린은 유난히 목이 길고 긴 날개를 가진 백로처럼 영혼이 가벼워지는 것 같았다. 알 수 없는 해방감이 가슴 저 밑바닥으로부터 서서히 가득 차올랐다. 다린의 마음도 가벼워지고 있었다. 기차 안에서의 시간이 너무나 소중했다.

다린은 주위를 둘러보았다. 모두 다 알지 못하는 사람들이었다. 친구, 연인, 부부로 보이는 사람들이 잡담을 하고 있었고, 안경 쓴 두 남학생도 책을 펼쳐놓고 심각한 토론을 하는 것 같았다. 그들의 표정이 자못 진지했다. 한국에서 온 것으로 보이는 남학생 몇몇도 배낭여행을 하고 있었다. 밝은 표정이 활기차 보였다. 그들 앞에 모든 길들이 활짝 펼쳐졌으면 좋겠다는 기원을 해보았다. 마주 보이는 자리에는 화사한 색의 옷을 입은 외국인 노부부가 서로를 챙겨주는 모습이 아름다워 보였다.

지상에서 자신을 드러내지 않고 가장 큰 행복을 느낄 수 있는 것 중 하나는 조용히 회상하는 것이다. 다린은 추억, 아니 추억이라 말하고 싶지는 않다. 추억이라는 말 속에는 단절이라는 의미도 포함되어 있기 때문에. 어쩌면 추억은 아무것도 아닐 수 있다. 다시는 돌아오지 않을 시간이기에.

추억 속의 우리는 이미 우리가 아니다. 다시 새로운 시간에 얹혀 기쁨과 슬픔, 희망과 분노, 욕망과 좌절로 인해 변해버린 오늘의 우리가 있을 뿐이다. 지나가고 나면 아무것도 아닌 것이 되어 있는 시간. 추억 속에 잠긴다는 것은 잠들어 있는 의식 속에 여리디여린 실타래 한쪽을 내려 가냘픈 생각의 끈을 다시 올려 잡으며 홀로 되는 것이다.

소중했던 순간이 아름다운 기포가 되어, 의식의 가지를 타고 떠올랐다가 어느 순간 미세한 공기 방울을 퍼트리며 터지고 마는 몽롱한 짧디짧은 순간. 그러나 작고 미세한 공기 방울에 자신을 적신다는 것은 변함없는 사랑을 확인하는 시간이다. 기억에는 그리움이 없고 추억 속에는 그리움이 깃들어 있다.

다린은 평화로운 순백의 풍경을 한없이 바라보았다. 겨울나무들이 눈 쌓인 하얀 언덕 위에 수묵화처럼 외롭게 서 있는 모습을 보았다.

불현듯 혜빈이 떠올랐다.

'영혼에 색이 있다면 혜빈의 영혼은 저 하얀 눈빛의 백색일 거야, 가장 깨끗한 흰색. 그녀의 하얀 영혼을 다른 사람이 존중해준다면 더없이 좋은 관계가 될 수 있겠지. 그러나 아무 색이나 직직 그어대면 아주 더렵혀질 수 있는 백지 같던 그녀의 영혼.'

이 세상을 서로 가로막는 진정한 힘은 무엇일까?

아침의 싸한 정적을 깨고 전화벨이 다급하게 울렸다. 서영이었다. 그녀는 흐느끼고 있었다. "언니, 언니……" 하고 말을 잇지 못했다.

"무슨 일이야?" 하고 다그치자 "언니, 혜빈 언니…… 혜빈 언니가…… 죽었어요"라고 간신히 말을 내뱉고는 곧 울음을 터트렸다. 사흘 전 강의를 마치고 학교 후문의 카페에서 만났던 혜빈의 어둡던 얼굴이 눈앞을 스쳤다.

"무슨 소리야? 울지 말고 차분하게 이야기해봐!"

"언제, 어디서, 왜?" 하고 다린은 여러 가지 질문을 한꺼번에 쏟아냈다.

그녀의 자취집 화장실에서 목을 매었다고 했다. 지금은 연희동 녹십자 병원 영안실에 안치되어 있다고 말했다.

다린은 혜빈이 키워 온 사랑의 힘에 대해 생각했다. 이상할 만큼 강렬한 그녀의 사랑에 대한 집착이 그녀에게 피할 수 없는 저주가 되어 그녀를 죽음으로 달려가게 하지 않았을까.

'우리 두 사람은 마음속 깊숙한 곳에 매우 어두운 그림자가 있었어. 그래서 말없이도 서로 통할 수 있었고 따뜻한 시선을 나눌 수 있었지. 그녀와 나의 차이는 무엇이었을까? 그녀는 겨울의 아스팔트 길 위에서 바람에 떠도는 나뭇잎처럼 환멸 속으로 자신을 내던질 수 있었고, 나는 그곳을 빠져 나오려 했는지도 몰라. 내가 추구하던 것은 태양이었을까? 다린은 생각하고 또 생각했다.

혜빈이 죽기 사흘 전, 이대 후문에 있는 약속 카페에 들어섰을 때 그녀는 평소보다 더 무겁고 침울해 보였다. 칙칙한 베이지색 트렌치코트의 깃을 세우고 검은 가방을 어깨에 메고 있었다.

"너도 알다시피 나는 조그마한 일에도 언제나 큰 환멸을 느껴. 인생에 대해 철저히 비관론자인 거야. 나는 죽음을 본질적으로 하나의 구제라고 생각해. 다른 사람들은 자기 자신을 파멸시키는 어떤 강제적인 힘으로 느껴서 두려워하지만, 내게 있어서는 더할 나위 없는 정적과 안식의 장소로 인식되거든. 죽음으로 더 이상 아무것에도 의지하지 않아도 된다는 것에 위로를 느껴." 그 이야기를 하며 혜빈은 트렌치코트 주머니에 손을 넣고 만지작거리던 묵주를 꺼내 탁자 위에 올려놓았다. 자살하는 사람들은 그 일이 구체적으로 모습을 드러내기까지 어떤 조짐과 예비 진행 과정이 있기 마련이다. 그리고 누군가에게 언질을 한다고 하지 않던가.

다린은 검은색 정장을 하고 연희동으로 향했다. 금화 터널을 지나 혜빈과 자주 만났던 이대 후문을 지날 때 눈물이 흘렀다. 다린이 영안실에 도착하자, 이미 수많은 시인들과 소설가들이 그녀의 빈소를 지키고 있었다. 소리 없이 그녀의 장례가 준비되고 있었다.

혜빈은 마흔이 넘도록 결혼하지 않고 혼자 방을 얻어 자취하고 있었다. 그녀의 유년 시절은 행복하지 않았다. 넉넉지 않은 형편에 어머니와 아버지의 끊이지 않는 불화가 그녀를 지치게 만들었다. 사립 고등학교 교사였던 그녀는 소설을 쓰기 위해 안정된 직업을 버리고 10년이 넘는 세월을 홀로 생활했다.

다린과 혜빈의 첫 만남은 E대학의 석학 초청 강연회에서 이루어졌다. 강연이 끝난 후 질문 시간이 있었다. 그때 혜빈은 무릎 위의 책들을 주섬주섬 주워 들며, '인간은 진정 자유로울 수 있는가?'라는 질문을 했다. 다린 또한 자유라는 단어가 머릿속을 떠나지 않고 있었다. 점심시간에 두 사람은 우연히 같은 테이블에 앉아 많은 이야기를 나누었다.

다린은 꽃 장식도 없이 쓸쓸하게 마련된 빈소에 향을 피우고 앉아 그대로 한참을 있었다. 그녀에게 묻고 싶었다. 모든 여정이 끝난 뒤에 그녀가 스스로 찾은 것은 무엇이냐고. 다린은 '하느님께서 너의 발걸음을 인도하시고, 진정한 휴식의 천국에서 평화와 더불어 영원한 안식을 얻기 바란다'고 기도하고 성호를 긋고서는 무거운 마음으로 일어났다.

혜빈은 다린을 만나기 전날, 자신의 책만 남겨놓고 모든 것을 태웠다. 혜빈이 사는 산동네의 공터에서. 자신이 이제까지 써온 노트와 소설집에 실리지 않은 원고들을 불태웠다. 노트를 찢어서 타는 불 속에 한 장 한 장 던져 넣으며 태워버렸다. 사르륵 타버리는 종잇조각을 바라보며 '꿈은 꿈일 뿐인가? 어제를 살았고 오늘을 살며 내일을 기다리는 것이 현실이라면 나는 무엇을 기다리며 살았는가?' 하고 스스로에게 묻고 스스로 답을 찾고 있었다. 흩어진 삶의 조각들을 하나하나 맞춰보기도 했다. 자신이 어떤 것도 두려워하지 않고 사랑에 얼마나 깊이 빠졌었는지를……. 자기 삶의 굴레를 벗어나지 못하는 자신을 용서할 수 없었다. 정호는 한결같이 사랑의 소중함을 깨닫지 못하는 남자였다. 많은 사람들이 그의 이름을 알 만큼 유명한 시인이었던 그는 문학 심포지엄에도 빠지지 않고 참여했고, 문예지에 행복했던 순간의 가족사진을 싣고 누구보다도 단란한 가정을 꾸려가는 가장의 모습으로 비쳐지기도 했다. 그와 같이 사진을 찍은 딸아이는 아무것도 모른 채 자신의 아버지가 세상의 전부인 양 해맑게 웃고 있었다. 혜빈은 곧 자신의 어리석음을 깨달았다. 자아로서의 존재감을 느낄 수가 없었다. 결국 혜빈은 이 자리에 남아 세상을 살아가야 할 이유를 잃고 말았다. 모든 것이 다 타버리고 재만 남았다.

눈이 시리도록 아름다운 풍경이 이어지고 있었다. 눈 덮인 산의 신비한 느낌이 다린의 마음을 평온하게 했다.

혜빈의 선한 눈동자가 하얀 눈밭을 배경으로 차창에 떠올랐다. 여리고 측은해 보이기까지 하던 그녀의 눈빛. 혜빈은 스스로 선택한 그녀의 사랑 앞에 깊이 절망하였다. 눈물로 범벅이 된 얼굴로 절규하던 그녀의 처절하던 모습. 치욕스럽게 느껴지는 사랑을 붙잡고 자신을 부정하고 비하하는 날이 잦아지고 있을 때, 그녀는 묵주를 가지고 다니기 시작했다.

다린은 그들의 사랑이 끝을 같이할 수 없는 사랑이라고 믿었다. 혜린과 정호가 각자의 길로 돌아가 자유롭기를 바랐다. 헤어지기를 권하기도 했다. 그러나 다린은 그때의 생각이 오직 타인만이 말할 수 있는 냉정한 바람이었다는 생각을 했다. 누가 그들의 사랑을 쉽게 멈출 수 있을까? 한 사람이 다른 한 사람을 사랑하게 되는 우연의 순간은 결코 쉽게 올 수 없다. 두 사람의 생 앞에 모든 벽이 무너져 내리는 순간은? 서로가 서로에게 안식이 되는 시간은? 다린이 '사랑은 지독한 혼란이야'라고 결론 내릴 때쯤 철진의 얼굴이 스쳐 지나갔다.

기차가 제네바 중앙역인 코르나뱅 역에 도착했다. 밖으로 나오기 위해 거쳐야 하는 지하보도는 파리의 지하도처럼 어둑했다. 오전에 몽블랑 거리를 거닐며 영국 교회, 제네바 대학, 생피에르 사원, 오페라하우스 등을 둘러볼 예정이었다. 하지만 다린이 절실히 보고 싶었던 것은 레만 호수의 저녁노을이었다.

코르나뱅 역에서 레만 호수까지 뻗어 있는 길은 직선으로 이어져 있었다. 국제적십자사 본부와 국제연합 유럽 본부가 있는 국제 비즈니스 도시여서인지 파리와는 그 분위기가 다르게 느껴졌다. 사람들은 활기차게 거리를 활보하고 있었다.

다린은 스위스의 명물인 시계 점포와 항공사가 있는 곳으로 가기 위해 길을 건넜다. 도중에 작은 가게에 들러 스위스에 온 기념으로 접시 하나를 골랐다. 테두리가 금박으로 둘린 파란 접시가 마음에 들었다.

제네바는 높지 않은 산으로 둘러싸여 있어, 호수를 낀 아담한 도시 같은 느낌이었다. 도시 전체가 깔끔하고 안정되어 있었다. 건물들이 조화를 이루어 정돈된 느낌을 주었다.

다린은 정류장에 있는 발매기에서 버스 티켓을 구입했다. 한 시간 이내에 마음대로 갈아탈 수 있는 티켓이었다. 굴절버스가 도착하자, 다린은 버스에 올랐다. 이내 버스가 출발했다. 시내 중심부의 바람을 가르며 자전거를 탄 한 쌍의 젊은 남녀가 웃으면서 이야기를 나누며 길모퉁이를 돌고 있었다. 깔깔거리는 웃음소리가 버스 안에까지 들리는 것 같았다.

다린은 뜨거운 태양이 내리쬐던 어느 한 여름의 캠퍼스가 떠올랐다. 여름의 태양과 바람을 즐기기 위해 조금 먼 외곽으로 사이클링을 떠나기로 철진과 약속했었다. 플라타너스가 우거진 캠퍼스를 돌며 한창 자전거를 배우기 위해 철진이 다린의 자전거 뒤를 붙잡고 다니던 시절이었다. 땀으로 흠뻑 젖어 있는 철진의 등은 꽤 믿음직스러웠다. 그때는 그 모든 것이 영원할 줄 알았는데. 젊을 적에는 삶이 직선일 거라고 생각한다. 오로지 직선으로만 가면 길이 있을 거라 믿는다. 그러나 나이가 들면 환원의 고리를 가졌다는 것을 깨닫는다.

차창 밖으로 어디선가 바람이 부는지 가로수가 한껏 흔들렸다.

삶의 여유를 아는 사람들의 얼굴에는 보일 듯 말 듯한 미소가 있다. 그 사람들이 누리는 행복이 부러웠다. 그것이 곧 사랑이 아닐까. 충만한 사랑으로 가진 듯 가지지 않은 듯 따뜻한 그들의 미소와 친절.

다린과 그녀의 남편은 처음부터 단추를 잘못 끼운 것일까. 결혼한 지 얼마 되지 않아서였다. 한 여자가 찾아왔다. 시어머니는 조심스럽게 그녀를 자신의 방으로 데리고 들어갔다. 안방에서 울음소리가 나기도 했고, 그녀를 달래거나 호통을 치던 시어머니의 목소리도 났다. 나중에 알고 보니 그녀는 남편과 결혼을 약속했던 여자였다. 시부모의 반대로 원치 않는 이별을 해야만 했던 것이다. 시어머니는 그녀의 가정환경이 탐탁지 않았다. 그리고 교양 없는 그녀의 행동도 마음에 들지 않았다.

다린은 남편을 이해할 수 없었다. 깨끗하게 정리되지 않은 삶을 사는 그에게 믿음이 가지 않았다. 그 후로도 그의 애매한 삶은 계속되었다. 지나간 시간은 단 몇 마디의 말로 쉽게 표현할 수 있다. 행복했다, 불행했다, 지겨웠다 등등. 그러나 그 말 속에는 너무나 많은 일상의 사소한 기쁨과 슬픔, 지리멸렬하던 고통과 지루한 권태들이 복잡하게 끊임없이 반복되던 시간이 있다. 그 시간들이 밤하늘의 별처럼 촘촘히 박혀 있는 것이다.

다린은 외딴 섬에서 홀로 살아가는 기분으로 아이를 낳고 살았다. 믿음이 가지 않는 남자와 한 지붕 아래서 살아왔다. 무인도에서 상냥한 미소를 잃고 그저 생존을 위해 나아가는 것 같은 결혼생활이었다.

남편은 바깥일이라면 확실하게 짚고 넘어가지만, 집안일에는 "으음, 그래" 하며 대충 넘기는 사람이었다. 자식들 교육에도 그랬다. 아버지로서의 권위만 지킬 뿐 학교 진학 문제도 다린이 혼자 결정짓게 했다. 부모에게도 "예, 그건 그렇습니다", "아니요, 그렇지 않지요"로 끝이었다. "이건 이래서 안 되고, 저건 저래서 그렇습니다"라고 부모를, 아내를, 자식을 설득하려 하지 않았다. 시어머니는 "워낙 바쁜 사람이니까"라는 말로 그의 집안일에 대한 무관심을 무사통과로 일관했다. 자식에 대한 그녀의 사랑법이었다. 시어머니의 그러한 사랑법은 다린 또한 남편의 성격에 토를 달 수 없는 이유가 되기도 했다. 남편은 무신론자였다. 자신은 훌륭한 사람이고, 자신의 모든 판단이 옳다고 굳게 믿는 것이 틀림없어 보였다.

남편의 선거 운동이 끝난 뒤 보이지 않는 그 무엇이 다린을 못 견디게 했다. 햇살이 비치면 나뭇잎의 그림자가 일렁이듯, 의무만 있고 권리는 포기하며 산 것이 아닐까 하는 의구심이 들었다.

'내일이면 평온이 오겠지' 하고 막연하게 기다린 시간은 결코 오지 않았다.

바람이 몹시 불던 날 남편의 선거 운동을 돕기 위해 정장을 차려입고 길을 나선 적이 있다. 자전거에 리어카를 달고 페달을 밟으며 지나가는 한 남자가 눈에 띄었다. 다린은 그 남자가 커브를 돌며 큰길 쪽으로 나가는 모습을 물끄러미 바라보았다. 자전거와 리어카. 그 둘은 분명 별개의 것이었다. 한 운명체가 아니었다.

남편은 다린에게 존재하지 않았는지도 모른다. 그에게 이의를 제기하는 일은 극히 드물었다. 다린이 가지고 있던 인생의 지도에서 그란 존재는 점차 희미해져 갔다.

다린은 대학에서 강의를 하며 다시 자기 자신을 찾고 있었다.

'나는 존재한다. 내 인생은 내가 책임지는 것. 내 안의 지도를 따라 세상의 희망을 찾아가리라. 일체의 존재와 순간을 같이하는 그 무엇을 찾을 때까지. 진실과 자유를 믿으며 나 자신의 사명을 재발견해 나가리라.'

다짐하고 또 다짐하며 걸어온 길이었다.

분주히 오고가는 사람들을 바라보며 다린은 멍하니 차창 밖을 바라보았다. 눈물이 볼을 타고 흘렀다. 대낮의 태양에게 부끄럽지 않은 눈물이 하염없이 흘러내렸다. 한없는 자유로움을 느끼기 위해 계획한 여행이었는데 왜 나는 지나온 삶을 되돌아보고 있는가, 라는 생각이 언뜻 스쳐 지나갔다.

다린은 처절하게 부부 싸움을 해본 적이 없었다. 상대에게 깊은 상처를 주려고 심한 말을 한다든가 미심쩍은 일을 캐묻기 위해 괴롭히지도 않았다. 어릴 적 옆집에 살던 현자네 부모는 평소에 금슬이 좋았다. 그러나 부부 싸움을 할 때엔 서로 죽일 듯이 싸웠다. 온 집 안을 뛰어다니며 한 사람은 잡으려 하고 현자 엄마는 "살려줘요, 살려줘요!" 소리치며 도망쳐서 온 동네가 시끄러웠다. 그러나 다음 날이면 그들은 팔짱을 끼고 외출을 했다. 어느 날인가 현자 엄마는 한쪽 눈이 멍든 채 배시시 웃으며 남편과 길을 나서기도 했다. 며칠 뒤 현자 엄마가 핸드백을 샀다는 소문이

동네 한 바퀴를 돌았다. 현자 엄마가 핸드백을 들고 온 동네를 다니며 자랑했던 것이다.

'그렇게도 사는 부부가 있는데 나는 뭐지?'라는 생각이 들었다.

여러 가지 생각이 많았던 다린은 시내 관광을 제대로 하지 못했다. 버스에서 내려 레만 호수 쪽으로 곱게 뻗어 있는 몽블랑 거리를 걸었다. 춥지 않은 날씨였지만 트렌치코트 깃을 올렸다. 마음이 추워서일까, 더욱 쓸쓸하게 느껴졌다. 고독을 위해 계획했던 여행이 아니었다. 이방인으로서의 자유를 느끼고 싶었다.

운명은 잔인했다. 서로 다른 길을 가던 사람들을 어찌 다시 만나게 하는지……. 겨울날 한 줄기 햇살을 왜 보게 하는지…….

다린은 몽블랑 거리를 천천히 걸으며 생각에 잠겼다. 호수가 나타났다. 호흡을 가다듬었다. 시선은 레만 호에 고정되었고, 돌아가고픈 아름다운 시절이 물결 위에 잔잔히 떠올랐다. 다린의 눈가에 눈물이 고였다. 하루하루 자유를 갈망하며 지낸 시간들이 우수 어린 눈빛으로 쓸쓸하게 일순 호수 위에 떠올랐다.

레만 호는 바다 같았다. 그러나 물결은 고요하며 잔잔했다.

하나를 선택한다는 것은 다른 하나를 잔인하게 버리는 것이기도 하다. 선택한 후에는 기나긴 세월을 기다려야 한다. 상실의 아픔을 이겨내고서 가 닿는 저 잔잔한 호수처럼. 자신에게 주어진 현실을 고통스럽지만 참아내는 것. 그것은 침묵이었다. 타인에게 말하지 않고 견디게 하는 힘은 침묵이었다. 스스로 참아내는 것, 자신의 현실을 묵묵히 받아들이는 것이었다.

저 멀리 한 남자가 의자에 앉아 있다. 한 여자가 다가가 그 남자 곁에 앉는다. 사랑스럽다는 듯 부드럽게 여자의 긴 머리카락을 쓸어내린다. 머리카락을 쓸어내리던 남자가 그녀와 뜨거운 입맞춤을 한다. 세상에서 가장 아름다운 모습 중 하나가 사랑하고 있는 남녀의 모습일 것이다.

다린은 호수가 보이는 카페로 들어갔다. 카페 안에는 나이 들어 머리가 희끗희끗한 남자가 굵은 테의 안경을 쓰고 책을 읽고 있었다. 햇살이 드는 다른 창가에는 경쾌한 웃음소리 섞인 목소리의 젊은 남녀가 얼굴을 가까이 대고 이야기하고 있었다. 다린은 작은 창이 우수를 느끼게 하는 창가에 자리를 잡았다. 겨울 철새 몇 마리가 레만 호를 박차고 날아올랐다.

다린은 호수를 바라보며 녹지 않을 듯 얼어붙은 마음 한 자락을 저렇게 녹아내리는 만년설처럼 풀어놓고, 맑은 호수의 눈빛을 가지고 싶었다.

겨울날의 앙상한 나뭇가지 사이로 온 하늘을 붉게 물들이며 지는 해가 보였다. 잎을 다 떨어뜨린 겨울 나뭇가지와 붉은 노을. 다린의 가슴이 싸하게 아려왔다. 코끝이 찡했다. 조용히 깊은 잠에 빠져들고 싶었다.

다린은 오랫동안 레만 호를 바라보며 가만히 앉아 있었다. 얼마나 시간이 흘렀을까. 해 지는 노을 속의 레만 호는 자신의 과거와 기억을 반추하게 하는 지긋한 눈빛의 물빛으로 변했다.

* * *

철진은 몇 권의 책 위에 다리를 뻗은 채 앉아 있는 고양이 블루를 물끄러미 쳐다보았다. 앉아 있는 모습이 도도해 보였다. 철진은 자신이 철저한 자기 관리를 하며 고양이처럼 독립적 생활을 깔끔하게 해나가고 있다고 믿었다. 두 딸을 데리고 홀로 살면서 나름대로 독신 생활에 익숙해가고 있었다. 이즈음 철진은 먼 하늘을 응시하는 날이 많았다. 지나온 시간으로 되돌아가 그날의 기억을 더듬어보았다. 이따금 눈가에 눈물이 맺히는 때도 있었다. 다린을 만나던 향기로운 시간과 다린을 떠나던 때의 절망감이 한데 묶여 깊은 우물 속에서 떠올랐다. 신비스럽게도 그 시간이 꽃잎이 되어 부유하고 있었다.

극도로 예민한 고양이의 눈은 실내에 있으면 동공이 커다랗고 동그랗게 변해 더 귀여웠다. 고양이 블루가 큰 눈으로 철진을 뚫어지게 쳐다보았다. 눈만 마주치면 철진의 팔에 머리를 비비며 쓰다듬어 달라고 보챘다. 고양이도 눈빛 교환, 소통이 있어야 정을 붙인다. 누군가와의 친밀한 관계를 알아챌 정도로 영리하면서도 영악하다. 며칠간 자신을 예뻐해주지 않으면, 자신도 철진을 바라보지 않았다. 철진을 모른 체했다. 철진은 고양이 블루를 안아 무릎 위에 올려놓고 콧잔등 위와 턱 밑을 쓰다듬어주었다. 고양이 블루는 고개를 위로 치켜들며 가르랑거렸다. 대학 시절 철진 자신은 고목나무였고 다린은 그에게 다가온 꽃이었다. 지금 다시 만난 것은 우연이었지만, 운명처럼 온 마음을 흠뻑 젖게 만드는 전율이 있었다.

철진은 의대에 다니던 친구 정희와 같은 서클의 멤버였다. 사회 참여 서클이었고, 연구회를 만들어 한 달에 두 번 정기적인 모임을 가졌다. 다린은 모임이 끝나갈 무렵 정희를 만나기 위해 몇 번 그곳에 들렀다. 그리고 정희의 소개로 철진을 만나게 되었다. 다린이 다니던 학교는 교문에서 쭉 뻗은 긴 길이 나 있어서 시위대가 스크럼을 짜고 시내로 진출하기가 수월했다. 여러 대학의 학생들이 모여 연이어 시위를 벌이곤 했다.

다린이 수업이 없을 때였다. 언덕 위에서 시위대들을 바라보는데, 철진과 정희가 양동이에 물을 길어오는 게 보였다. 그 물로 두 사람은 시위 현장에서 최루가스로 인해 눈물 콧물 범벅이 된 젊고 혈기 넘치는 학생들을 씻겼다. 시위대에 있는 누군가가 경비실 지붕 위에서 시위하던 남학생이 경찰의 폭력으로 지붕 위에서 떨어졌다고 큰 소리로 말했다. 그 말이 주변에 전해지면서 젊은 혈기는 분노로 변했고, 이내 그 남학생이 죽었다는 소문도 전해졌다. 학생들은 흥분하여 교문을 박차고 나가려 했다. 반대편에서는 상부의 지시대로 경찰과 전경들이 시위 진압을 위해

온 힘으로 대치하고 있었다.

그때 연이어진 대규모 시위들은 하나같이 평등을 외치지 않았고, 사회가 그 요구를 수용할 수조차 없을 정도로 포화 상태도 아니었다.

지도층에 있는 사람은 언제나 사람들의 관심과 질시를 받게 되고, 때로는 의심과 중상모략을 받기도 한다. 국가의 지도자는 시민의 자유를 침해하지 않기 위해 현실 상황에 대한 냉철한 인식을 필요로 한다. 그러나 권력의 주변에는 선견지명과 실행력을 겸비한 인물이 역사의 평가를 기다리고 있지 않다.

다린이 대학 3학년 때였다. 낙엽이 지고 가을이 짙어져 가는 계절이었다. 다린과 철진은 오페라를 보고 나와 세종문화회관 계단 위에서 광화문 거리를 내려다보았다. 싸늘한 정적이 감돌았다. 계엄령이 선포되었던 것이다. 지나가는 차도 없고, 다니는 사람도 없었다. 길이 텅 비어 있었다. 흐릿하고 옅은 안개가 하얗게 퍼져 도시는 더욱더 정적에 휩싸여 있는 것처럼 보였다. 마치 유령 도시처럼. 차가운 공기 속에서 흰색 가로등만이 드문드문 외롭게 서 있었다. 냉랭한 아스팔트 길 위에.

끊임없는 시간 속에서 안팎의 경계를 경험한 날이었다. 그녀의 영혼 속에 있는 무엇인가는 계속 이어지고, 무엇인가는 연속되지 않는 선명한 이질감의 경험으로 기억되는 날이었다. 세종문화회관 안에는 이데올로기가 없는, 이념의 방해 없이 화려한 무대의상의 남녀 성악가와 무용수들의 공연이 있었고 또한 문화를 향유하는 관람자들의 즐겁고 경쾌한 시간이 있었다. 세상의 모든 근심을 잊는 시간이었다. 아름다운 선율에 따라 희로애락을 느끼는 음악의 힘에 지배되는……. 하지만 세종문화회관 바깥에는 군인들이 군화를 신고 급박하게 돌아가는 시간이 있었다. 이데올로기가 권력에 의해 철퇴를 맞은, 협의되지 않은 시간이 흐르고 있었다.

자 우리 갑시다 당신과 나

수술대 위에 누운 마취된 환자처럼

저녁이 하늘을 배경으로 사지를 뻗고 있는 지금

우리 갑시다, 반쯤 인적 끊긴 어느 거리를 통해

싸구려 일박 여인숙에서의 불안한 밤이

중얼거리며 숨어드는 곳,

굴 껍질 흩어져 있는 톱밥 깔린 레스토랑을 지나

위압적인 질문으로 당신을 인도할

음흉한 의도의

지루한 논쟁처럼 이어진 거리들을 지나

오, 묻지 마세요. "무엇이냐"라고

일단 가서 방문해봅시다

혜빈은 찻집의 바깥 풍경을 바라보았다. 정오의 거리를 차들이
느린 듯 빠르게 지나갔다. 정호는 의자에 비스듬히 앉아 T. S. 엘
리엇의 〈프루프록의 연가〉를 조용히 읊었다. 혜빈은 여의도 거리

의 풍경을 좋아했다. 테헤란로, 대학로, 종로보다 다소 느리게 움직이는 것 같았다. 알 수 없는 여유와 정체 모를 그리움을 찾아내는 거리였다.

혜빈은 〈프루프록의 연가〉를 귓가로 흘려들으며 정호에 대해 생각했다. '내가 참을성 있게 온 힘을 다해 사랑의 용서를 키워 온 사람이다.' 사랑이 태양처럼 밝게 빛날수록 마음 한구석에 먼지처럼 가라앉는 어두운 그림자가 있었다. 어두운 시대의 저주를 지워버리고 그림자 하나 던져지지 않던 처음의 자리, 맑고 경건했던 그 깨끗한 감정을 유지하고 싶었다.

처음 정호를 만났을 때, 꽃이 시들고 나뭇잎이 떨어지는 것을 슬프게 바라보며 모든 것이 다 흘러가 버리고 사라지는 것에 대한 연민을 함께 느낄 수 있다는 것이 좋았다. 생의 무상에 대해서 몸서리를 치며 둘은 사랑을 나누었다.

대학로의 삐걱대는 계단을 올라 어두컴컴한 작은 술집에서 술 한잔하던 겨울날이었다. 정호는 자신의 불우했던 성장 과정을 한 권의 소설처럼 엮어 이야기했다. 아버지의 무능력으로 인해 시골 시장에서 국밥집을 하며 자신과 형제들을 키우신 어머니에 대한 연민, 아버지에 대한 미움, 어머니를 호강시켜 드리겠다는 마음으로 무작정 서울로 상경한 후 고생한 이야기들을 가끔 한숨을 쉬며 이야기했다. 혜빈은 동병상련의 아픔을 느꼈다. 둘은 그날 술을 많이 마셨다. 혼자서 안주를 만들고 서빙을 하는 여주인이 이미 비어버린 식탁 뒷정리를 할 때까지 술을 마셨다.

두 사람은 가야 할 방향도 정하지 않은 채 길을 걸었다. 겨울 하늘에는 갓 생겨난 초승달이 새파랗게 바들바들 떨고 있었다. 정호는 들고 있던 가방으로 바람을 막으며 라이터를 켜고 담배에 불을 붙였다. 그리고 간절한 눈빛으로 혜빈에게 말을 건넸다. 그들은 골목 안쪽의 허름한 여관을 찾아 들어갔다.

모든 것은 흘러가 버리고 자꾸 변화하여 사라지고 말지만, 예술가들이 죽음을 두려워하지 않고 혼신을 다해 형상화하는 작품은 영원한 것일까. 혜빈과 정호는 각자 소설집과 시집을 한 권씩 출간했다. 그 어느 때보다 행복해하던 혜빈의 모습을 다린은 기억했다. 혜빈의 칙칙하던 옷은 밝은 색으로 변했고, 전혀 신경을 쓰지 않던 집의 벽지는 푸른색으로 바뀌었다. 그녀의 입가에서는 웃음이 번져 나왔다. 소설가로서의 혜빈, 시인으로서의 정호, 그들은 뜨겁고 열정적인 삶을 살았다.

그들의 만남은 벽지의 무늬처럼 반복되었다. 한 잔의 차, 그리고 성적 유희. 정호가 아내나 아이들의 전화를 받고 황급히 집으로 달려가면 혜빈은 덩그러니 홀로 남았다. 다음 날 아침 아무 일 없었다는 듯, 그 집의 식탁에 앉아 식사를 할 그를 생각하면 질투심과 가슴 조이는 검은 죄의식을 느꼈다. 혜빈은 혼자 술을 마시는 날이 늘어갔다.

주일날 성당 미사에 나갈 수 없었다. 모태 신앙인 혜빈은 가끔 자신이 시궁창에 빠져드는 것 같은 느낌을 지울 수 없었다. 그날도 정호는 지루하고 숨 막히는 결혼 생활에 대한 넋두리를 쏟아놓고 그의 집으로 가버렸다.

한강이 내려다보이는 카페에서 다린과 혜빈이 만났을 때였다. 오후 서너 시의 강물은 은비늘처럼 눈부시게 반짝이고 있었다. 해가 저물자 주홍빛 저녁 햇살이 비쳐 눈부신 황금빛으로 빛났다. 그리고 어느새 검은 빛으로 서서히 물들었다. 혜빈은 헛되고 황홀한 애정을, 그리움에 애태우던 순식간의 불꽃이 소멸해버리는, 쓸쓸한 삶의 모습에 비애와 모순을 느끼고 전율했다.

머리와 가슴 사이에 모순이 있었다.

혜빈의 소설은 인간의 어두운 욕망을 지독하게 응시함으로써 이 시대의 어두운 초상을 그려냈다. 혜빈은 모든 체험을 처절하게 껴안음으로써 인간 존재에 대한 안일한 선입견을 가진 다린을 부끄럽게 만들었다. 혜빈에게는 삶이 문학이고 문학이 곧 삶이었다. 그녀는 사랑에도, 문학에 대해서도 몸과 마음을 다 쏟고 있었다. 한 치 앞도 내다볼 수 없는 인간의 치열한 자기 모색의 광기를 고통스럽게 그려냈다.

혜빈에게는 남다른 아픈 경험이 있었다. 어린 시절 어머니의 가출로 가정은 산산조각 나고, 어린 동생들을 돌보며 고등학교를 다니면서 아버지의 끊임없는 술주정까지 참아내야 했다. 몸에 밴 고독과 우수는 따사로운 둥지의 안락한 꿈조차 꾸지 못하게 했다. 혜빈은 증오의 대상이던 어머니의 삶을 자신이 살고 있다는 것을 괴로워했다.

죽음에 대한 공포는 예술의 모태가 되는 것일까.

다린과 혜빈이 처음 만났던 세미나에서의 주제가 죽음이었다. 다린이 삶의 의미에 대한 질문으로 죽음의 의미를 추적한다면 혜빈은 그렇지 않았다. 죽음의 의미로서 삶이 진정 의미 있는가, 하는 역추적이었다.

혜빈은 성녀의 자혜롭고 따사로운 손길을 기다리는 것이 아니었다. 소통이 단절된 자의 고통스런 눈빛을 다린은 잊지 못했다. 그녀에게는 문학만이 구원이자 삶을 이끄는 원동력이었다.

언젠가 혜빈은 '나는 세상의 빛이며 생명의 빛이다', '나는 부활이며 생명이다'라는 글귀를 보면 강한 거부감을 느낀다고 했다. 다린은 "그 아래에서 편안해지기 위해 진심으로 무릎 꿇고 싶다"고 했다.

그녀는 강렬한 부정으로 긍정의 세계를 동경했는지도 모른다. 혜빈의 체념적 성격은 정호와의 만남이 뜸해질 무렵 더욱 심해졌다. 정호는 연락도 없이 약속 장소에 나타나지 않고는 했다. 그럴 때마다 혜빈은 작고 어두컴컴한 방에서 술과 담배에 찌든 목소리로 다린에게 전화를 했다.

"다린아, 그에게 냉정하게 등을 돌리지 않는, 그렇게 하지 못하는 내 자신이 미워. 오늘 아침 정호가 근무하는 회사로 찾아가 그를 만났어." 혜빈은 그를 만난 후 그에게서 가느다란 희망을 저버리지 못하고 돌아왔다고, 자신의 연약한 성격에 혐오감이 생긴다고 울며 이야기했다.

혜빈이 걱정되었던 다린은 강변로의 카페에서 만나자고 했다. 오후에 만나자던 혜빈은 헝클어진 머리카락을 하나로 질끈 동여맨 채 카페에 들어섰다. 다린은 주스를 권했지만 혜빈은 맥주를 주문했다. 그러고 나서 단숨에 한 잔을 들이켜고는 다시 마시던 잔에 천천히 술을 따르며 "우리 무엇을 위해 건배해야 하지?" 하고 말했다. "우리에게 삶과 죽음을 책임질 권리란 있는 것인가?" 혜빈은 풀어진 눈빛으로 다린에게 건배를 하자며 잔을 어깨 높이로 들어 올렸다.

다린은 죽음의 문턱에 가본 경험이 이 생에 의미를 두게 했다고 믿었다.

그때 다린은 의식을 잃어가고 있었다. 손의 힘이 서서히 빠져나가는 게 느껴졌다. 몸이 점점 새털처럼 가벼워지고 있었다.

"팔다리를 주물러." 엄마의 다급한 목소리가 아련하게 들렸다.

"엄마, 팔다리가 새파래." 언니의 울음 섞인 목소리도 들렸다. 그러나 다린은 편안했다. 몸의 무게를 전혀 느낄 수 없었다. 몸의 피가 아주 작은 기포가 되어 서서히 하늘로 날아가고 자신의 영혼만 눈을 뜨고 있는 것 같았다. 의식이 구름처럼 가벼웠다. 평온했다.

앰뷸런스가 도착했다. 앰뷸런스로 옮기기 위해 들것에 실려가고 있을 때, 사람들이 다린을 걱정스럽게 쳐다보았다. 다린의 얼굴 위로 검은 그림자처럼 몇몇 사람들이 그녀를 둘러싼 채 내려다보고 있었다.

하늘색 담요가 다린의 목까지 덮였다. 하지만 다린은 얼굴을 덮고 싶었다. 그러나 팔을 조금도 움직일 수가 없었다. 왜 얼굴을 덮고 싶었을까? 얼굴이 다린 자신이기 때문이었을까?

의사와 간호사는 몰랐겠지만 그녀는 자신이 죽어가고 있다는 것을 알았다. 자신이 죽음에 대한 막연한 두려움 같은 그 어떤 것도 느끼지 않는다는 것이 이상하게 느껴졌다. 간호사들이 급히 산소 호흡기를 꽂고, 부산하게 움직이는 모습이 보였다. 엄마는 다린의 손을 꼭 잡고 불경을 외고 계셨다. 엄마의 불경 외는 소리는 아침마다 다린의 마음을 평온하게 했다. 엄마는 모든 행동에 침착하게 대응하고 있었다. 얼마간의 시간이 흘렀을까? 엄마가 "애 눈 떴다!"라고 말하는 놀라움과 반가움 섞인 목소리가 들렸다.

다린은 서서히 의식이 돌아왔다. 그때 다린은 죽음이란 그렇게 가깝고도 순간적으로 오는 것이라는 걸 알았다. 누군가가 가르쳐주지 않아도 세상이 덧없다는 것을, 그리고 공허하다는 것을 알아버렸다. 그 후부터 삶이 더욱 소중하게 다가왔다.

죽음을 경험한 이후 생이 너무 소중해서 오히려 삶의 무게에 눌린 것은 아닐까 하고 이즈음 생각하고 있었다.

"다린아! 나는 그 사람에게 무엇일까?"

사람들은 어떤 것이 점점 더 많이 그리고 점점 더 깊이 자신에게 다가올수록 좀 더 오래 자기 곁에 머물기를 원한다. 그러나 점점 더 많이 다른 것 곁에 있을 수도 있고, 그것을 인정하기 위해서는 오랜 시간 진정한 아픔을 겪어야만 한다.

혜빈은 하나의 인격체로서 수치심을 느끼기도 했다. 아내가 있는 남자를 사랑하는 여자가 느끼게 되는 순간순간의 죄의식. 그렇지 않은 사람들도 많겠지만, 이즈음 혜빈은 자신이 한 알의 사과를 야금야금 파먹는 벌레처럼 느껴졌다.

정호는 술에 취해 비틀거리며 혜빈의 방문을 열고 들어섰다. 역한 술 냄새가 확 풍겼다. 자신의 사랑과 삶에 회의를 느끼던 혜빈이 소주 한 병을 마신 후 불을 끄고 잠을 청하는 순간이었다. 정호가 불을 켜자 혜빈은 빛 때문에 눈도 제대로 뜨지 못하고 말했다. "뭐 하러 이 시간에 와요……. 너무 늦은 시간이잖아……. 술 취하지 않고서는 나한테 올 이유가 없었나? 나는 당신에게 뭐냔 말이야! 나는 당신의 노예가 아니야! 내가 창녀야? 당신은 나의 모든 자유를 빼앗고 있어. 당신에게 동정과 위로의 말을 하는 것도 이제 지쳤어. 엉망진창이 되어버린 이 삶이 싫어! 정말 싫다고!"

혜빈이 히스테리를 일으키며 가슴속에 담고 있던 마음을 쏟아냈다.

정호는 특별 초대권을 받아 든 사람처럼 당당히 들어오다가, 멀뚱하니 서서 혜빈이 쏘는 화살을 무방비 상태로 맞고 서 있었다.

"나는 당신에게 모든 것을 다 바쳤어. 젊음, 아름다움, 희망……. 그러나 당신은 뭐야?"

그녀는 뭔가 억누를 수 없는 충동에 사로잡혀 침대에서 벌떡 일어나 정호에게 다가갔다. 정호의 가슴팍을 치며 나가라고 외쳤다. 그러나 그 순간 정호는 혜빈을 더 안고 싶었다. 혜빈의 말들을 이해하려고도, 심각하게 생각하지도 않았다.

한 마리 짐승처럼 혜빈을 끌어안았다. 혜빈을 밀쳐 침대에 눕히고 혜빈이 걸치고 있던 옷을 거칠게 벗기기 시작했다. 벗긴 옷들을 방바닥으로 던졌다. 혜빈은 저항하지 않고 꼼짝도 않은 채 정호가 하는 대로 체념한 사람처럼 가만히 있었다. 정호는 혜빈의 몸 위에서 재빠른 동물처럼 빠르게 몸놀림을 했다. 혜빈은 영혼이 육체를 벗어난 사람처럼 그 모습을 냉정하게 지켜보았다. 마치 이방인을 보듯 자신의 육체를 바라보았다. 정호의 움직임이 빨라질수록 혜빈의 몸속에서는 저 멀리 아득한 곳으로부터 쾌감이 일었다. 몸이 영혼을 배반하고 있었다. 그 순간 마음에 급격한 변화가 일어났다. 혜빈은 정호를 밀쳐내고 정호의 몸 위에 올라탔다. 그리고 울음을 터트리며 그의 몸 위에서 미친 말처럼 뛰었다.

"참을 수 없어, 더 이상 못 참겠어."

혜빈은 격렬한 심정으로 소리를 지르며 속울음을 터트렸다.

정호가 돌아간 뒤, 혜빈은 바닥에 널브러져 있는 자신의 옷들을 보았다. 마치 영혼이 빠져나간 뒤의 처참한 자신의 몸뚱이 같았다. 능욕당한 시간들이 널브러져 있었다.

혜빈은 두 손바닥으로 눈물을 닦고, 다린과 자주 들었던 〈자클린의 눈물〉을 틀었다. 첼로의 저음이 마음속에 스며들어 그녀의 마음을 차분히 가라앉혔다.

혜빈은 자신의 생각과는 역행되고 있는 삶을 보고 있었다.

'나의 자유분방한 사고가 무모한 것이었을까? 자유분방한 사고가 굴레가 되어 나 자신을 조이고 있는 것은 아닐까? 내가 보통 사람들처럼 정상적인 결혼 생활을 하고 있다면 이처럼 비참하지는 않을까?'

혜빈은 여러 가지 생각을 하다가 잠에 빠져들었다. 이렇게 슬픔과 절망의 나락에 빠져드는 것은 결국 성적 쾌락의 무상함에서 비롯되는 것이기도 했다. 혜빈에게 사랑이라는 감정은 육체로만 느끼는 것 이상이었다. 처음 정호와 육체적 사랑을 나눴을 때, 그것이 사랑의 완성이라고 믿었다. 그러나 정호와 정사를 치르면 치를수록 그녀는 눈을 뜨고 정사를 하는 날이 많아졌다. 허허로운 느낌이 자신을 더 외롭게 만들고 있었던 것이다.

혜빈은 자신의 내면을 바라보았다.

육체적 사랑이 없다면 자신의 비참함은 어떠한 구제책도 없이 그저 속수무책으로 있을 것이다. 헛되고 황홀한 그리움의 연소, 짧은 순간의 불꽃, 그리고 이내 사라지는 소멸이 삶을 비애로 인식하게 했다. 또한 오래도록 지속되어야 할 사랑의 환희가 서서히 지는 태양처럼 저버리는 것이……, 암울한 어둠이 긴 자락을 끌며 서서히 사라지는 모습이 늘 마음을 아프게 했다.

인간의 본질은 사랑과 육체의 갈등으로 이루어진 것이다. 자유로운 성관계가 두 사람에게 만족을 준다 해도 성욕만을 충족시킬 뿐 상대방을 존중하는 행위가 되지 않는다면 욕정과 끌림을 충족하는 도구가 될 뿐이다. 남자가 여자에게 끌리는 것은 상대가 인간이기 때문이 아니라 여자이기 때문인지도 모른다. 오로지 여자라는 이유로 욕구의 대상이 되는 것은 모멸감을 동반하기 마련이다. 혜빈에게 세상은 야만스럽고 추악한 것이 되어 갔다. 자신이 겪고 있는 것을 추상적인 관념으로 승화시키는 것이 아니라 자신의 삶을 가지고 놀이를 하듯 창조하고 있었던 것이다.

혜빈은 그날 커튼도 젖히지 않고 은폐된 두려움과 정면으로 마주했다. 내팽개쳐진 자신의 미래와 자신이 꿈꾸던 세상의 부조리하고 모순뿐인 현실에 진저리쳤다. 하루 종일 단칸방인 자신의 공간에서 자신을, 자신의 현실을 해부했었다. 식사는 거른 채 밤늦은 시간까지 맥주잔을 기울였다. 정호는 자신의 자유를 위해 혜린의 자유를 말살하고 있었다. 한순간의 욕망은 지나가고 쾌락은 시들해지며, 육체는 다시 육체를 탐하게 된다. 욕망의 충족을 지속시키기 위해 혜린을 계속 육체 속에 가두어둔 것이다. 그것은 사디즘의 본성이었고, 혜린은 육체 속에 갇혀 있을 수만은 없었다.

한 사람의 필요나 욕구에 의해 지속되는 사랑은 사랑일 수 없다. 증오와 사랑은 백지 한 장의 차이일 뿐이다.

* * *

남편은 H호텔의 엘리베이터를 타고 10층으로 올라갔다. 예약해놓은 방에서는 모 신문사의 젊은 여기자가 샤워를 하고 있었다. 다린에게는 정책 연구소 모임이 있다고 했다. 자정을 넘길 거라는 이야기와 함께. 실제로 국방 정책 연구회 모임이 H호텔에서 있었다. 남편은 연구회 모임이 끝나기 전에 자리를 털고 일어났던 것이다.

연구회 모임이 있던 날, 다린은 대학 동창에게서 전화를 받았다. 신문사 기자였는데, 같은 신문사에 다니는 단발의 홍 기자가 다린의 남편과 지나치게 가깝게 지내는 것을 수차례 목격했다고 했다.

"모임이 있기 전 커피숍에서 너희 남편이 홍 기자와 이야기를 하는데 분위기가 묘하더라. 신경 좀 써야 할 것 같아, 얘!"

그녀는 홍 기자를 화장실에서 만났다고 했다. 그런데 하룻밤을 위한 화장품과 갈아입을 옷을 준비해왔더라는 것이다. 호텔에서 자고 다음 날 바로 신문사로 출근하기 위해 챙겨온 것이라고 했단다. 다린은 넘치는 동창의 친절이 때로 부담스러웠다.

다린은 남편과 함께 언니네와 H호텔에서 점심 식사를 했다. 식사가 끝난 후 호텔 정원으로 나갔다. 정원에 만들어놓은 작은 물길에는 여러 빛깔의 금잉어들이 놀고 있었다. 다린은 다리 위에서 붉은색, 주황색, 노란색의 금잉어가 헤엄치는 모습을 바라보았다. 남편은 정원 안쪽으로 갔다. 그리고 호텔 위층을 올려다보았다. 홍 기자와 머물렀던 방을 올려다보는 것이라는 걸 직감적으로 알았다. 하지만 아무 감정도 일지 않았다.

왜 질투심 따위도 내보이지 않는 것일까? 체념한 것일까?

다린은 '여자'라는 것이 또 하나의 보이지 않는 굴레를 씌운 덫이라고 생각했다. '여자'라는 운명을 스스로 선택하지 않았고, '여자'로 불리기 전에 인간이기를 원했고, '여자'인 것을 내세우거나 '여자'임을 자처하는 것 또한 경계했다. 하나의 인격체로서 대우받기를, 그리고 행동하기를 원칙처럼 여기고 있었다.

그러나 한 남자의 아내였던 그녀는 '여자'였다. 다린은 맨살에 휘감기는 비단처럼 결 고운 여자가 아니었다. 그러나 자신의 일만을 고집하지 않았고 가정에 충실하고자 했다. 충실은 사람들의 삶에 하나의 통일성을 갖추게 하니까. 인내로 한 길을 갈 수 있는 힘을 주니까. 그녀는 변함이 없었다. 말보다 행동이 앞서지 않았고, 행동 또한 말보다 앞서지 않았다. 그러나 상황은 간단치 않았다.

삶은 섬세한 점으로 구성된 하나의 선, 어딘가 시작이 있고 끝이 있는 선이다. 오늘 하루는 전 생애 몇만 분의 일인 하루일 것이다. 다린은 그 하나의 선이 꼭 직선이어야 한다고는 생각하지 않았다. 그러나 직선에 가까운 길을 가고자 다짐했다. '나는 내일이면 이 남자를 떠날 것이다'라고 속으로 되뇌는 날이 많았다. 그러나 그 삶은 오늘날까지 이어지고 있었다. 다린은 늦지 않았다고 생각했다.

존 서덜랜드의 〈홈 스위트 홈〉이 흘러나왔다. 눈물이 나려 했다.

우리는 왜 집을 두고도 떠도는 노숙자처럼 방황하는가.

늦가을 비가 내리는 어느 날이었다. 다린은 잠옷 위에 가운을 걸치고 계단을 내려갔다. 신문을 가져와서 펼치며 소파에 앉았다. 한 여자의 얼굴이 크게 나와 있었다. 눈에 익은 얼굴이었다. 국회의원, 정치가, 군 장성들과의 친분을 넓히려는 소셜 버터플라이였다. 기사를 읽어나가던 다린은 그녀와의 스캔들로 남편의 이름이 거론되는 것을 알았다. 남편과의 결혼 후 자신의 눈으로 직접 보고 확인하지 않은 일이라면 흘려 넘기려 노력했다. 실로 눈물겨운 노력이었다.

'이미 엎질러진 물은 그릇에 다시 담을 수 없어. 내 인생이 이렇게 흐른 것을 슬퍼하거나 후회하지는 않겠어. 이제부터야. 나는 내 삶의 주체가 되는 거야. 남편과 나는 서로 다른 개체일 뿐이야. 그의 삶에 따라 내 삶이 모양을 갖추어간다고 생각하지 않겠어. 나는 나야`라고 다린은 굳은 의지로 다짐했다.

펼쳤던 신문을 접고 창가로 다가갔다. 새들이 우르르 모여 저 멀리 날아갔다가 또다시 우르르 모여 하늘을 한 바퀴 돌더니 각자의 둥지를 찾듯 앞산의 아카시아 나무숲으로 내려앉았다.

* * *

다린은 혜빈의 죽음 이후 새벽이면 잠이 깨, 다시 잠들지 못하는 날이 많았다.

다린은 창가에 서서 죽은 혜빈을 생각했다. 혜빈의 일생을 더듬었다.

인간의 삶은 한 판의 퍼즐 조각 맞추기가 아닐까? 혜빈의 삶은 조각이 다 맞추어지지 않은, 빈 곳이 드문드문 하얗게 남아 있는 미완의 퍼즐 판이었다.

어느 한 퍼즐의 조각이 붉게 색칠되어 그녀를 광기의 사랑에 물들게 했을까?

인간은 짜인 운명을 거스를 수는 없는가? 한 판의 퍼즐이라면 그 판의 틀은 어떻게 짜이는 것인가? 인간의 성격과 영혼, 그리고 자아라는 것은 어떠한 환경에 의해 형성되는 것인가?

사람의 본성은 어떠한 형태로도 규정지을 수 없는 것이겠지만, 사람이 자유로워지고자 한다면 주어진 상황을 거부하고 어떠한 구속도 거부해야만 하는 것일까.

삶의 명징한 해답을 얻을 수가 없었다.

그녀에게 무엇이 삶을 더 이상 지속하지 못하게 했는가. 어떤 해답이 기대와 희망을 저버리고 생명마저 내어줄 가치가 있었던 것일까.

우리는 자신과 동일화되지 않는 자아가 있을 경우 삶을 영위할 수 없을 정도의 심한 갈등에 이르게 한다.

다린은 생각을 떨쳐버리기 위해 스포츠 센터로 향했다. 운동은 하지 않고 사우나실에 들어갔다. 뿌연 수증기가 시야를 가렸다. 마치 명징한 해답을 기다리듯. 온탕에 들어가자 쉼 없이 이야기를 하는 여자들이 있었고, 자신은 이방인같이 그들 대화 속으로 들어갈 수가 없었다. 따뜻한 물 속으로 몸을 밀어 넣으면서도 부자연스런 얼굴로 굳어 있었다.

탕 속의 그녀들은 말하고 말하고 또 말했다. 이 모든 사람들이 도대체 자신과는 상관없는 사람 같았다. 그들은 다빈에게 중요한 존재가 아니었다. 그들에게 관심이 가지 않았다. 다린은 그들로부터 고립된 존재였다.

다린은 친구들과 양양의 낙산 해수욕장으로 향했다. 로터리를 돌자 소나무 숲이 보였다. 싱그러운 바다 내음이 다린을 환한 미소와 함께 심호흡을 하게 했다. 날씨가 맑아서인지 푸른 바다가 더욱더 푸르게 펼쳐졌다. 하늘의 빛깔에 따라 바다가 저토록 다른 빛깔로 빛나다니! 우리도 만남의 인연에 따라 저 바다처럼 파란빛으로 일렁일 수 있을까.

다린의 머리 위로 갈매기 몇 마리가 끼룩거리며 지나갔다. 파도는 영겁의 세월을 그래왔다는 듯 지치지 않고 해안에 밀려왔다가 하얗게 부서졌다. 다린은 모래사장에 사르륵 스며드는 파도를 보았다. 조용한 죽음. 한 생애의 고요한 순간. 모든 무거움을 벗어던지고 가볍게 떠나가는……. 살아갈수록 깊은 바다의 수심은 알 수 없었고 저 아득한 수평선 위에 외로운 의문부호만 매달려 있었다.

바다 앞에 설 때면 다린은 자신이 모래알처럼 왜소하게 느껴졌다. 우리의 존재란 드넓은 곳에서는 아득한 하나의 까만 점에 불과했다. 아득한 하늘. 먼 수평선. 그것과 맞닿은 하늘. 귓가를 스치는 바람. 파도 소리. 깊은 내면에서 나에게 한 마디씩 말을 건네는 고요한 평화. 바다는 사람의 마음을 쉽게 현실의 세계에서 아득한 꿈의 세계로 데려다놓는다.

다린은 자신이 바다 앞에서 무력한 까만 점 하나로 느껴졌다.

친구들과 헤어져 집으로 돌아온 다린은 창가에서 공사장을 내려다보았다. 큰길가에 10층 건물을 짓고 있었다. 아직 2층까지만 공사가 진척되어 확 트인 앞산의 모습은 그나마 볼 수 있었다. 하지만 머지않아 숲과 산 능선이 잘 보이지 않을 것이다. 인부들이 드럼통에서 나뭇가지를 태우는 연기가 적막한 산을 배경으로 피어올랐다. 드럼통 속의 불꽃이 활활 타올랐다.

다린은 자신이 시든 꽃 같다고 느꼈다. 마음속에서는 날마다 마른 바람이 불어 꽃잎을 한 잎씩 떨어뜨리는 것 같았다. 버석거리는 일상이 오늘 날씨처럼 희뿌옇고 스산했다.

전화벨이 울렸다. 남편 전화였다.

"오늘 7시에 일맥회 모임 있어! 차 보낼 테니까 잘 차려입고 R호텔 옆 미로로 와."

뚝 하고 전화가 끊어졌다. 남편은 늘 그랬다. 일방적으로 통보만 해왔다. 다린을 어리둥절하게 했다. 그녀의 마음을 아프게 했다.

다린의 맘 한구석이 쏴아 하고 시려왔다. 썰물이 흘러가고 있었다. 한때는 그 모습에, 거기서 느껴지는 카리스마에 매혹되기도 했다. 모든 것을 이끌어가는 남편이 믿음직스러웠다.

"당신 오늘 별일 없지, 오늘……. 이렇게 물어줄 수는 없어?" 다린은 혼자 중얼거렸다.

한정식 집 미로에 들어서니 원로 노 의원, 김 의원 내외, 대학교 스승이면서 국회의원을 지내고 지금은 종교 단체 일을 하고 계신 신 교수님 내외분이 와 계셨다. 신 교수님은 남편을 만나게 해준 분이셨다. 다린은 이즈음에도 가끔 그를 찾아뵙고 있었다.

식사를 마친 일행은 바로 옆 건물의 룸살롱으로 자리를 옮겼다. 도착하자 함박웃음을 머금고 화려한 핑크빛 롱드레스를 입은 마담이 나왔다. 다린은 마담과 목례로 인사를 나누고 룸으로 들어섰다. 사방에 있는 벽이 온통 갈색 유리로 되어 있는 방에는 이미 인원수대로 맥주잔과 스트레이트 잔이 흰 매트 위에 놓여 있었다. 테이블 가운데엔 얼음 통이 놓여 있고 양주 몇 병과 맥주, 우유와 물, 커다란 접시 위에 치장된 과일 안주들이 준비되어 있었다. 일행 중 누군가 폭탄주로 건배를 제안했다. 나이가 제일 적은 남편이 우스갯소리를 섞어가며 인원수대로 맥주잔을 가지런히 놓았다.

"원자 폭탄주로 할까요, 수소 폭탄주로 할까요?" 남편이 물었다.

옆집의 노 의원이 "오늘은 어부인들 계시니까 원자로 하지!"라고 말했다.

남편은 맥주잔에 거품이 일도록 맥주를 따랐다. 그리고 맥주잔 사이에 양주잔을 올려놓고 양주를 부었다. 뇌관인 첫 번째 양주잔을 쓰러뜨리자 도미노처럼 연이어 맥주잔 속에 양주잔이 빠져들어갔다. 모두들 박수를 치고 우우 소리를 내며 즐거워했다.

노 의원이 "원샷입니다!"라고 외쳤다. 모두들 일어서는 "치

어스!"라 말하고 단숨에 마셨다. 폭탄주를 마시고 나서는 머리 위에 맥주잔을 대고 딸랑딸랑 소리를 내었다. 모두들 단합하는 분위기였고, 화기애애한 술자리가 되었다.

몇 차례의 잔들이 오고 갔을 때 마담이 남편에게 다가와서 뭐라고 귀엣말을 했다. 남편은 "아! 그래"라고 말하며 알았다는 눈짓을 했다. 취기가 오른 남편은 혀 꼬부라진 소리로 "옆방에 S기업이 와 있다니까 잠시 다녀오겠습니다"라고 말하고는 방을 나갔다.

신 교수님이 다린에게 다가와 "인마, 너무 생각만 많이 하지 말고 부딪치면서 해결해"라고 말씀하시고는 등을 툭툭 두드리셨다.

'부딪치면서 해결해.' 다린은 그 말을 되뇌었다.

다린은 룸 바깥 풍경이 궁금했다. 슬며시 룸을 빠져나왔다. 담배 연기와 음울하고 몽롱한 공기가 실내를 휘감고 있었다. 취한 남자에게 의도적이고 과장된 콧소리로 교태를 부리는 반라의 여자들, 누구에게나 웃음을 파는 여자들이 비틀거리고 있었다. 다린은 옆방의 방문이 활짝 열려 있는 것을 보았다. 방 안의 모습은 가관이었다. 와이셔츠를 풀어헤친 채 제각기 여자 한 사람씩 끌어안고 있기도 했고, 입을 맞추기도 했다. 어떤 여자는 가슴을 드러내놓고 있었다. 늘 점잖기만 했던 S기업 임원의 얼굴이 보였다. 다린은 당황했다. 서둘러 그 방을 지나쳤다. 다시 한 번 슬픔의 물결이 밀려와 마음을 적셨다. 대상도 없고 의미도 없는 슬픔이었다.

　성의 상업화는 도덕 문제와 분리해서 생각할 수 없는 것이다. 도덕으로부터 자유롭기 때문에 여자들은 직업적으로 몸을 내놓을 수 있고, 남자들 또한 갈등 없이 하나의 상품으로 구입하게 되는 것이다. 가슴속에 강한 도덕의식이 살아 있다면 그 같은 행동을 할 수 있을까?

　인간의 속성에는 현재 자신의 모습이나 자신이 속해 있는 세계에 만족하지 못하고 본원적인 모습, 이데아의 세계에 대한 열망이 있다. 사람이 태어나기 전의 천상 세계에 대한 열망은 무릉도원을 꿈꾸게 한다. 그러나 그곳의 사람들은 어둠으로 덮여 있었다. 어떤 압박의 시간을 잊기 위한 화려한 시간도 아니고, 어떤 운명을 거부하는 생의 몸짓도 아니었다. 하찮은 시간에 대한 슬픔이었다. 취하고 취해도 본연의 침묵의 시간을 견디지 못하고, 맴도는 시간에 지쳐버린 영혼들의 무의미한 시간만 있었다.

새벽 농장은 푸른 안개의 정적에 잠겨 있었다. 간혹 닭 우는 소리가 아침을 깨웠다. 다린이 밖으로 나가자 아버지는 벌써 말끔하게 옷을 갈아입으시고 새들에게 먹이를 주고 계셨다.

"왜 벌써 일어났냐?"

그렇게 말씀하시고는 금계, 공작, 오골계, 원앙, 백한의 새장 문을 각각 열고 드나드셨다. 아버지는 주말이면 시골 농장으로 내려오셨다. 다린은 어머니, 아버지가 내려오실 때 함께 내려왔다. 대학에 다닐 때에는 아버지가 사업을 하시면서 농장에 정성을 기울이시는 모습을 이해하지 못했다. 넓은 농장의 나무들이 있는 자리를 모두 알고 계시며 그중 몇몇 향나무 가지는 손수 전지를 하시며 가꾸곤 하셨다. 사업을 하시느라 바쁘신 데도 불구하고 예술에 조예가 깊으셨고, 많은 친인척들이 살아갈 수 있는 삶의 터전을 마련해주셨다. 아버지는 동구 밖의 커다란 느티나무 같은 존재셨다. 다린은 나이가 들면서 아버지를 더욱더 잘 이해할 수 있었다.

다린은 농장 담을 끼고 돌아 시골길에 들어섰다. 아침의 싸한 공기가 으스스한 추위를 느끼게 했다. 상큼한 시골 향기가 다린의 머리를 맑게 했다. 몇 달 전 다린이 농장에 내려왔을 때 노부부가 살고 있던 집이 지금은 비어 있었다. 빈 마당엔 주인이 버리고 간 파란 플라스틱 바구니가 뒹굴고 있었다. 그리고 안주인이 그 집에 살 때 행주로 닦고 또 닦아 반짝였을 몇 개의 크고 작은 장독들이 덩그러니 마당 뒤를 지키고 있었다.

다린은 마루 한편에 먼지가 덜 앉은 쪽을 찾아 앉았다. 툇마루 기둥이 있는 곳이 먼지가 가장 덜했다. 기둥에 살며시 머리를 기대었다. 그러고는 옅은 안개 속에 잠긴 아랫마을을 내려다보았다. 논두렁 밭두렁 사이에 모두 길이 나 있었다.

다린은 '논두렁길도 길, 밭두렁 길도 길, 산길도 길, 저기 저 고속도로 길도 길……'이라고 혼자 되뇌었다.

성격이 곧 운명이었다. 운명이란 이미 정해진 길을 따라 가는 것이 아니라, 자신이 부모님으로부터 배운 것이 작은 씨앗이 되어 자신 속에서 싹을 틔우며 길을 만들고 잎을 피우며 가는 길을 따르는 것이었다.

다린은 차고 위의 초록색 새장 안에 있는 새들을 바라보았다. 붉은색과 금색이 아름다운 금계, 흰빛의 공작비둘기, 물 위의 원앙 몇 마리, 그리고 연둣빛 잉꼬, 노란 잉꼬들이 날아다니는 새장 속 풍경을 물끄러미 바라보았다. 아련한 슬픔이 가슴에 저며들었다.

다린의 아버지는 다린이 중학생일 때 2층집을 지으셨다. 할아버지를 좋은 집에 모시고자 함이었다. 그 집에서 할아버지는 2년을 사시다 돌아가셨다. 지금도 그때 부모님의 지극한 효성이 잊히지 않았다. 한 달 동안 병환에 시달리다 돌아가신 할아버지. 편찮으시기 전 그는 2층 방에 올라오셔서 가야산 쪽을 가리키며 "저기가 할아비 고향이니라"라고 말씀하셨다. 그때 다린은 고향의 의미를 잘 알지 못했다. 할아버지의 그 애틋했을 심정도 잘 알지 못했다.

또한 다린의 아버지는 어린 자식들의 정서면에도 관심을 기울이셨다. 집을 지으시며 마당 한가운데 조개 모양의 작은 연못을 만들어 금잉어를 키우셨다. 히말리아시다 두 그루가 있는 정원 한 모퉁이에는 새장을 만들어 금계, 은계, 오골계, 원앙들을 키우셨다. 다린은 커다란 새장 속에 들어가 새들을 보며 놀기를 좋아했다. 새장 속에서 새들을 바라보며 놀았던 다린이 지금 새장을 바라보며 느끼는 감정은 왜 이렇게 다른 것일까?

지금도 피아노 옆에 서 계시던 아버지 모습을 떠올릴 수 있었다. 다린의 여동생이 피아노를 치면 아버지는 옆에서 〈푸른 도나우 강〉의 음률을 따라 부르셨다. 다린도 언니와 같이 노래하던 시절에.

다린은 위층 계단에서 긴 옷자락을 끌며 내려오는 우아한 모습의 결혼을 꿈꾸었다. 계단을 몇 계단씩 뛰어오르고 내리며 늘 옷음이 머물던, 어릴 적 화목한 가정을 꿈에 그렸었다. 그러나 막상 결혼을 하니 그 분위기가 너무 달랐다.

어린 시절은 다린을 지켜주는 삶의 버팀목이었다. 인간으로서 행복했던 그 시절이 다린의 자아를, 지금의 다린을 형성했다고 믿었다. 다린이 그리는 생의 화폭에는 집이 고요하면서도 늘 아름다운 풍경으로 남아 있었다.

새벽안개가 끼어 있는 어느 아득한 시절의 풍경 하나가 떠올랐다. 17살이었던가. 결핵을 앓던 다린은 형제들과 격리되어 2층 방에서 혼자 지냈다. 아침저녁으로 간호사가 와서 주사 네 대씩을 놓고 갔다. 바늘이 굵은 주사, 가는 주사 여덟 대를 6개월 동안 맞았던 기억이 있다. 매일매일 맞다 보니 주사 놓을 자리도 없어져 갔다. 처음에는 팔에 주사를 놓다가 손등의 가는 혈관에 놓았다. 그 다음에는 발등에 주사를 맞았다. 작은 딱지가 다닥다닥 앉았다. 팔, 손등, 발등 돌아가면서 주삿바늘로 인한 딱지가 없는 곳에 주사를 놓았다. 왼쪽 팔은 정맥염을 앓게 되었다. 그곳 혈관이 딱딱하게 굳었다. 그 자리에 주삿바늘 자국이 파란 문신처럼 생겼다. 다린은 그 푸른 자리를 보면 늘 마음이 경건해졌다.

병원이 보이는 창. 겨울날 아침 이중으로 되어 있는 미닫이창을 열면 보이는 투명 유리에 낀 희뿌연 성에. 입김을 불어가며 손가락 끝으로 꽃이며 잎사귀며 나무며 새를 그리다 보면 아침 햇살이 비쳐 유리창 위부터 은빛으로 사르륵 녹아내리던 나른한 기억.

다린은 결혼 후 정원의 모과나무를 보며 생각하곤 했다. 모과 나무 아래에 세워둔 흰색의 차 위에 근심처럼 잔잔한 모과 잎들 이 쌓여 있었다.

'나는 왜 작은 잎들이 유난히 많은 저 모과나무 아래에 차를 두었을까? 조금 비켜 세웠더라면 슬픔 같은 저 잎들이 내게로, 내 차 위로 쏟아지지 않았을 텐데⋯⋯.'

생각할수록 눈가가 촉촉이 젖었다.

다린은 정원의 고목 모과나무가 고집을 버리지 못하는 늙은 할 아범 같다고 생각했다. 그래도 그 뚝심으로 해마다 몇 개의 튼실 한 모과를 거두는 것이 아닐까?

결혼 전 다정다감하던 남편은 결혼 후 많이 달라졌다. 모처럼 여행을 하거나 등산을 할 때면 남편은 손 하나 까딱하지 않고 다 린이 짐을 다 챙길 때까지 기다렸다. 자신이 왕이기를 원했다. 훈 련을 시키듯 남을 대하는 남편이 되어갔다. 완벽하게 준비가 되 어 있지 않으면 버럭 화를 내기도 했다.

다린의 결혼 생활은 남녀의 역할 분담 양상이 심해졌다. 서로 의 도움 없이 자신의 일을 똑 부러지게 해내는 사람이 되어야 했 다. 법조계에 계셨던 시아버지께서는 정년퇴직하셔서 늘 집에 계셨고, 일하는 아이가 있어도 하루 세 끼 따뜻한 밥을 다린이 직 접 압력 밥솥에 지어야 했다.

다린의 하루 주 일과는 밥상 차리기가 되어갔다. 남편이 출장을 떠날 때마다 자신은 붙박이가 된 장롱처럼 느껴졌다. 다린의 내부에는 늘 끓어오르는 무엇인가가 있었다. '왜 나는 자유롭게 어딘가로 떠날 수 없는가?'

누가 뭐라고 하지 않았는데도 다린과 남편의 동반 외출은 허락을 받아야 하는 것처럼 되어버렸다. 대학원에서 여성학을 공부했던 다린은 여성으로서의 삶이 녹녹치 않음을 받아들이고 있었다. 많은 여성들이 존재하지만 스스로에게 질문을 던지지 않았다. 다린의 마음 한구석은 텅 비어가고 있었다. 다린은 혼자 중얼거렸다. "나의 인간으로서의 가치는 어디에 있는가?"

지도교수님에게서 전화가 왔다. 여성학 신설 강의 제안을 하셨다. 당시 다린은 임신 상태였다. 일본에서 유학을 하신 시어머니께서는 늘 자신의 일을 갖고 싶으셨다며, "네 몸만 괜찮으면 너도 네 시간을 가지려무나" 하고 말씀하셨다.

시어머니의 그 말씀이 같은 여성으로서 공감을 형성했다.

시부모를 모시면서 강의하기에는 늘 시간이 모자랐다. 누가 쫓아오듯 쫓기는 삶이었다.

다린은 결혼이 초등학교 운동회 때 하던, 두 사람이 나란히 서서 맞닿은 쪽의 오른발과 왼발을 하나로 묶어 뛰는 이인삼각(二人三脚)과 닮았다고 느꼈다. 하나둘 하나둘 호흡을 맞추어 잘 달려가다가도 삐걱하는 순간 순식간에 무너지고 마는…….

다린은 쉼표가 그리웠다. 쉼표, 쉬어가는 작은 자리…….

어릴 적 새장 속에서는 새들이 하는 행동 하나하나가 마냥 예쁘고 웃음을 자아내게 했다. 하지만 지금은 하얀 공작비둘기가 제가 먹었던 좁쌀이랑 음식을 토해내어 새끼 입에 넣어주는 모습이 그리도 고단해 보였다. 다린의 인기척에 여러 마리의 잉꼬들이 작은 가슴을 콩닥거리며 파드득 날고 있었다. 이리저리 날다가 초록색 철책의 새장에 머리를 부딪치고 말았다. 갈 길을 몰라 허둥대고 있었다. 속살의 흰 날개깃 하나가 공중에서 느리게 지그재그로 떠다녔다. 날개깃을 따라 하나의 아득한 기억이 스쳐 지나갔다.

대학 시절 다린과 철진은 수업이 없는 날에는 새를 보러 다녔다. 나지막한 야산을 걷고 있는데, 어디선가 청량한 새소리가 들렸다. 호오 호케꼬, 케코, 케코, 호오, 호케꼬.

"가만, 저 새는 휘파람새야."

새는 끝내 보지 못하고 울음소리만 들었다.

"일 년 내내 단독으로 살든가, 아니면 암수가 함께 생활하지. 무리 지어 살지 않는 새야."

철진이 휘파람을 불며 산을 내려갔다. 그 시절엔 새의 날개깃 하나의 무게처럼 마음이 평화롭고 가벼웠다.

이즈음 철진은 다린에게 전화하는 날이 많았다. 다린 또한 철진을 생각하는 시간이 많아졌다. 그를 차갑게 보내야 한다는 것은 알고 있었다. 하지만 혼란스러웠다. 철진을 생각하면 마음 한 곳이 칼에 베인 듯 강렬한 아픔으로 아려왔다.

아침 안개는 더 짙어지고 넓게 퍼져 저 건너 논두렁에 서 있던 키 큰 미루나무가 보이지 않았다. 다린이 농장에 들어서자 벌써 곱게 화장을 하신 어머니가 "왜 그렇게 춥게 입었어?" 하시며 빨간 무늬가 있는 스웨터를 갖고 나오셨다.

어머니는 늘 화장을 곱게 하셨다. 할아버지를 모시고 계실 때에도 늘 흐트러짐이 없으셨고, 할아버지 친구 분들이 오시면 웃음으로 맞이하시던 어머니. 다린의 어깨에 스웨터를 걸쳐주시는 어머니의 손을 보며 다린은 '우리 엄마도 이제 많이 늙으셨구나' 하고 생각했다.

한 여자의 일생. 어머니를 떠올리면 설이나 추석 같은 명절날마다 부침개, 고기 전, 각종 생선들이 가득 담긴 커다란 광주리가 먼저 생각났다. 그 많은 음식들을 친척들과 나누시던 어머니. 곱게 화장하신 얼굴에 고운 한복을 입으시고 손님들을 맞이하시던 어머니였다.

다린은 어머니의 그 화사한 웃음이 집안을 밝힌다는 것을 알지만 '나는 엄마처럼 살지 않아야지' 하고 다짐하곤 했다. 어머니 자신은 어디론가 가고 없고 '어머니', '며느리', '아내'의 이름으로만 즐겁고 행복하게 계시는 나의 어머니, 그리고 그 시대 우리들의 어머니. 어머니를 쳐다보면 자기 자신의 인생을 사는 것이 가장 소중한 일일 거라 생각하곤 했다.

다린은 어머니의 무릎을 베고 누웠다. 포근함이 다린의 힘들었던 모든 시간을 녹이고 있었다. 행복이란 이런 작은 순간에 오는 것이었다. 어린 시절 겨울 온실 속의 따사로운 햇볕이 지금 다린의 주위에 가득 하얗게 퍼져 있었다.

"온 힘을 다해서 살아라. 무슨 일이건 최선을 다하다 보면 그게 제 자신의 인생이 되는 거란다. 가정이란 것도 화초와 같아서 네가 물 주고 햇빛 주고 공기를 주지 않으면 빛이 나지 않아. 네 남편도 네가 존중해주어야 한다. 가정은 남녀 모두가 서로 존중할 때에야 비로소 빛이 나는 거야. 물 안 주고 던져버린 화분은 한구석에 놓인 초라한 화초일 뿐이야. 하지만 비록 초라한 화초라 하더라도 네가 정성스럽게 물 주고 가꾸면 귀해지는 거란다. 부디 그런 마음으로 살아라, 알았지?" 어머니는 간곡히 말씀하셨다. 그러고는 다린의 머릿결을 쓰다듬으시며 "엄마가 아침마다 화장을 하는 것은 하루를 새롭게 시작하기 위해서야. 하루하루를 소중하게 잘 지내기 위해서란다"라고 말씀하시며 먼 산을 쳐다보셨다. 다린은 어머니의 지혜에 새삼 놀라기도 했다.

식구들과 저녁 식사를 끝낸 후 다린은 남편과 2층에 있었다. 무언가 장식장과 부딪쳤는지 장식장의 유리컵들이 소리를 냈다. 이내 쿵 소리가 났다. 잠시 뒤 시어머니의 비명 소리가 들렸다. 다린과 남편이 황급히 아래층으로 내려갔다. 안쪽 현관문 앞의 마루 끝자락에 시아버지가 쓰러져 계셨다. 안방에서 나오시다가 쓰러지신 것이다. 편찮으신 중에도 저녁이면 흔들리는 걸음으로 서재로 가서 책들을 한 권 한 권 옮겨 머리맡에 쌓는 일이 몇 달째 계속되던 시기였다. 병환 중에도 책이 왜 그렇게 소중하셨던 걸까? 평소에 책을 아끼시던 분이라서 그런 것일까?

시아버지의 이마에서 피가 흐르고 있었다. 눈은 뜨고 계시나 팔다리는 마비된 듯 움직이지 못하셨다. 남편과 시어머니는 "여보", "아버지"를 부르며 꺼져가는 시아버지의 의식을 깨우려 했다. 남편은 주치의 김 박사에게 전화했다. 얼마 지나지 않아 앰뷸런스가 요란한 소리를 내며 도착했다. 남편과 시어머니는 시아버지를 모시고 병원으로 가셨다. 다린과 어린 딸만 커다란 집에 남아 있게 되었다. 늦은 밤 시아버지가 쓰러져 계셨던 자리를 보니 무서웠다. 친정에 전화를 했다.

"그 자리를 피하지 말고 밟아라. 그러면 무섭지 않을 거야." 어머니는 그렇게 말씀하셨다. 다린은 눈길조차 피하던 마루 끝자락을 밟고서야 비로소 2층으로 올라갈 수 있었다. 무서움으로부터 해방될 수 있었던 어머니의 지혜에 놀랐던 기억이 지금도 생생했다.

어머니는 어떤 일이건 피해가기보다 대범하게 맞서 문제를 해결해 나가는 분이셨다.

다린에게 잊히지 않는 기억이 있다. 다린이 10살 남짓 되었을 때였다. 지방에 가 계시는 할아버지께 갖가지 음식들을 보내실 때였는데, 두 꾸러미의 짐 중 하나를 가리키시며 "이건 외할머니께 보내 드릴 거란다. 시집 식구들에게도 잘해드리고 친정에도 떳떳하게 하는 거야" 하고 어머니는 말씀하셨다. 어린 다린의 마음에 무언가가 의미심장하게 다가오는 것 같았다. 다린은 담대하시던 어머니의 무릎 살이 이제는 힘없이 물렁하다고 느꼈다. 다린의 외할머니 또한 부드럽고 인자하신 분이셨다. 추운 겨울에 행랑채 어멈에게 심부름 시킬 일이 있으면, 신고 계시던 버선을 벗어 행랑채 어멈에게 주셨다고 한다. 행랑채 어멈은 발이 춥지 않게 다녀왔다며 고마워했고. 그 이야기를 들으며 다린은 그 행랑채 어멈의 몸과 마음이 얼마나 따사로웠을까 하고 생각했던 적이 있다. 그 시대는 집에서 아기를 낳을 때였다. 외할머니는 며느리에게 무릎베개를 해주시고, 며느리의 배를 쓰다듬어주시며 "조금만 참아라, 조금만 참아" 하고 다독이셨단다. 다린은 외할머니를 진정으로 존경하고 좋아했다.

초등학교 시절, 어머니는 다린의 머리를 곱게 땋아주셨다. 밥 얻어먹으러 온 거지에게도 소반에 밥을 주시며 마루에 앉아 먹게 했다. 황송해하며 밥을 먹는 거지를 보며 엄마에게 물었다. "왜 거지에게 마루에서 밥을 먹게 해?" 그러면 "잘나고 못난 것 없이 사람은 다 똑같은 거야" 하시던 어머니셨다.

다린이 깊고 달콤한 낮잠을 자다 깨어났다. 모처럼 깊고 푸근

한 단잠을 자고 일어난 것 같았다. 어머니는 잠이 든 다린에게 분홍색 명주솜 이불을 덮어주셨다. 다린은 눈을 뜨고도 일어나지 않고 이불 속의 따사로움과 어머니 곁의 포근함을 즐겼다. 천장을 바라보며 유년 시절의 응접실을 생각했다. 원판이 가지런히 놓여 있던 아늑한 응접실. 봄이면 음악을 틀어놓고 창문을 열어 창틀에 팔을 기대고는 조개 모양의 연못을 바라보던 어린 시절. 정원의 큰 나무들이 검은 빛의 먼지를 씻어가며 푸른색 새 옷을 입어가던 모습. 다린은 문득 아버지 어머니는 풍성한 사랑을 주셨지만, 정서적으로도 많은 것들을 주셨다는 생각을 했다. 그때 삶은 희망으로 가득했으며 세상은 환한 기쁨으로 빛났다.

다린의 유년은 생각하는 것만으로도 꽃이 활짝 피는 시절이었다.

다린이 선택한 결혼을, 그 모든 것들을 부모님께 이야기할 수 없었다. 선택에는 책임이 따르는 법이니까.

건넌방에 오디오가 있다는 생각을 해내고는 자리를 털고 일어섰다. 오랜만에 〈전원 교향곡〉이 듣고 싶었다. 턴테이블로 듣는 음악의 부드러움이 그리웠다. LP판을 찾아들고 숨죽이며 바늘을 레코드판 위에 살그머니 내려놓았다. 그 잠깐 동안의 숨죽임, 바로 그 아날로그적인 순간이 여유를 주는 것은 아닐까.

지지직거리는 레코드와 바늘의 마찰음이 정겹게 들렸다. 2악장 시냇가의 정경에서 플루트, 오보에, 클라리넷이 한데 어울려져 나이팅게일의 새소리를 묘사하는 부분에서는 다린의 마음도 한결 가벼워졌다.

다린은 대학 시절 철진과 연락이 되지 않을 때 선희와 강릉 바닷가로 여행을 갔다. 밤이 되자 바닷가에는 무수한 별빛들이 처연히 쏟아져 내렸다. 다린은 선희와 밤새도록 어두운 바닷가의 파도 소리를 들으며, 젖은 듯 촉촉한 모래사장에 앉아 있었다. 저 먼 곳에서 하얗게 밀려와 속절없이 부서져버리던 파도를 말없이 지켜보았다. 해안에 닿아 모래 속으로 잦아들던 파도……, 그리고 밤바다에 서서 캄캄한 허공에 대고 그토록 불러댔던 철진의 이름…….

젊음의 뜨거웠던 한 시절은 그렇게 허망하게 지나가는 것일까?

철진은 그때와는 다른 모습으로 20여 년이 훌쩍 지나버린 시점에 쓸쓸히 나타났다.

그리고 다린은 혼자 서울로 돌아왔다.

* * *

다린은 아직 새잎이 나지 않은 마로니에 나무 아래, 흰 의자에 앉아 진한 커피를 마시고 있었다. 붉은색 양모 숄이 등을 따뜻하게 했다. 불현듯 철진이 생각났다.

차를 몰고 대학교 캠퍼스로 향했다. 캠퍼스의 긴 길이 으스름

했다. 사람들이 몇 명밖에 보이지 않았다. 철진과 함께 걸었던 숲길을 걸었다. 저 멀리 가로등이 어슴푸레하게 졸린 두 눈을 뜨고 있었다. 헐벗은 나뭇가지 사이로는 보름달이 떠 있었다. 가득 찬 환희. 조용한 희열.

언젠가 보름달이 떠 있던 날 철진이 "너를 좋아한다"고 말했던 기억이 났다. 그 후로 보름달이 뜨면 생각나던 그 작은 희열. 불가능의 충만한 사랑을 가만히 느끼곤 했다.

불가사의한 순간들이 우리에게 변화된 삶을 살게 하고 꿈을 찾게 하는지도 모른다. 그러나 그 순간은 어디로 튈지 모르는 럭비공과 같다. 환희의 꽃밭 아니면 진흙탕 속. 그 모든 것에는 고통과 희열, 책임, 희망, 실망, 허망 등이 다 똑같이 따르고 있지 않을까.

저 멀리 건물 모퉁이를 돌아 나오는 네댓 명의 사람들이 보였다. 다린은 추억의 K관을 향해 걸음을 옮겼다. 담쟁이넝쿨이 창을 피해 올라가며 멋스러움을 더하던 그곳. 철진이 대학원 조교를 하던 시절, 다린과 철진은 K관에서 데이트를 하곤 했다.

"아니, 이 시간에 여기엔 웬일이야?" 다린이 고개를 들고 쳐다보니 철진이 있었다.

"어머!" 다린이 반가움과 놀라움으로 철진을 쳐다보았다.

"대학원생들과 한잔하러 가는 길이야."

"으응, 나는……" 하고 머뭇거리고 있는데 한 남학생이 같이 갈 것을 권했다.

"그래, 같이 가." 철진이 말했다. 초저녁인데도 음식점에서는 젊음의 열기를 느낄 수 있었다. 시끌벅적하고 전을 굽는 기름 냄새가 공중을 휘감았다. 학생들이 벗어놓은 신발들이 바닥에 서로 뒤엉켜 있었다. '나중에 신발을 어떻게 찾아 신지?' 하는 생각이 들었다.

"교수님 오셨어요? 저쪽 방으로 들어가세요" 하며 주인아주머니가 반겼다. 철진이 자주 오는 집인가 보았다. 아주머니는 다린을 한번 흘깃 보더니 "올라가셔요. 신발은 제가 신발장 위에 올려놓을게요" 하고 말했다.

다린이 신발을 벗고 방으로 들어서자 학생들이 철진 옆에 앉기를 권했다. 철진은 메뉴판을 보지도 않고 "모듬전에 호박전 넉넉히 주시고 제가 잘 마시는 술 먼저 주시죠. 그리고 다른 사람들 더 오면 그렇게 하나 더 주시고요" 했다. 사람들이 더 오기로 되어 있나 보았다. '괜히 따라왔나 보다'라는 생각이 잠깐 스쳤다.

잠시 어색한 시간이 흘렀다. 철진은 두 손을 비비며 "이쪽은 우리 대학원생들이고, 이분은 S대 교수님이셔" 하고 다시 한 번 서로를 소개시켜주었다. 시간이 얼마 흐르지 않아 여학생 몇 명과 다린도 알고 있는 J신문사의 현 기자가 나타났다.

"어, 교수님이 어떻게 이 자리에……." 현 기자는 놀란 듯했다. 다린이 현 기자에게 손을 내밀며 악수를 청하자, 현 기자도 반갑다는 듯 잡은 손을 마구 흔들어대며 웃었다.

술자리가 무르익어 거나하게 취할 정도가 되자, 다린이 미처 알지 못했던 철진의 모습이 보였다. 여러 차례 술잔이 오고 갔다. 약간의 취기가 도는지 철진은 눈을 지그시 감고 노래를 불렀다. "눈을 감고 걸어도 눈을 뜨고 걸어도 보이는 것은 초라한 모습…… 보고 싶은 얼굴 거리마다 물결이 거리마다 발길이……."

다린은 창밖을 바라보았다. 을씨년스런 나뭇가지들의 그림자가 어룽대고 있었다. 창백하고 서러운 시간이 주억거리고 있었다.

"이 교수님 답가를 하셔야지요?" 현 기자의 목소리에 고개를 돌리니 철진의 노래가 이미 끝난 상태였다. 몇 차례의 노래가 이어졌다. 철진은 서너 곡의 노래를 연거푸 부르기도 했다. 취한 것 같았다.

"우리는 아무리 행동의 자유를 누린다 해도 어쩐지 답답하고 불안하고 심지어 가슴이 터질 것 같은 압박감마저 느낄 때가 있지. 자유롭다고 하는 것은…… 외부로부터 오는 강제와 억압을 벗어난 자유가 아니라 내부에서 끓어오르는 욕정과 충동을 이기는 자유를 말하는 것이야. 그리고 우리가 이러한 자유를 누리려면 권력이나 명예, 재력 등 외면적인 힘이 아니라 온갖 유혹을 이겨낼 수 있는 내면적인 힘, 말하자면 강한 의지력 또는 도덕력이 필요해. 우리가 동물적인 본능을 이겨내는 자유를 '의지의 자유'라고 말하지."

철진은 몸을 좌우로 흔들며 조금씩 말을 이어갔다.

모두가 숙연한 강의를 듣듯 그의 말에 귀를 기울였다.

"그러나 필연의 자유가 있지. 필연의 법칙을 거스를 수 있는……."

철진은 더 이상 말하지 않았다. 고개를 숙인 채 아무런 미동 없이 두 손을 가만히 무릎 위에 두고 앉아 있었다.

현 기자가 "교수님 취하셨네. 이 교수님, 시간도 늦었으니 먼저 가시죠? 김 교수님은 저희가 책임지고 댁에 모셔다 드릴게요"라고 말했다. 그러고는 한 대학원생에게 "이 교수님 택시 잡아 드려라!"라고 말했다.

다린도 조금 취한 것 같아 택시를 타고 가기로 했다.

한 잔 더 하자는 철진을 일으켜 세우고는 모두들 술집에서 나왔다. 철진이 다린에게 다가왔다. 그러고는 말없이 다린을 소중하게 안아주었다.

다린의 눈가에 눈물이 핑 돌았다. 서로의 외로움을 알아본다는 것은, 그 순간만으로도 충만하지 않는가.

* * *

철진과 다린은 유성을 보기 위해 이른 저녁을 먹고 산에 올랐다. 도시의 불빛이 비치지 않는 가운데 계곡에서는 물소리가 들렸다. 철진이 침낭과 담요를 준비해왔다. 배낭을 메고 앞서가는 철진의 등이 믿음직스러웠다. 온 신경이 철진의 어깨에 쏠렸다. 산을 오를 때 그들이 밟아 마른 풀들이 누운 자리가 길이 되었다. 그렇게 가면 되는 길이었다.

그들은 파커를 껴입고 침낭 속으로 들어갔다. 하늘을 올려다보며 나란히 누웠다. 머리 위로 별들이 반짝였다. 귓가를 가로지르는 바람소리와 함께 별을 바라보며 철진과 함께 있는 시간이 행복했다. 자신이 가질 수 있는 모든 것을 다 가진 시간이었고 더 이상 욕심 부릴 것이 없기에 행복했다.

서로 사랑하고 서로 의지하지 않고서는 살아갈 수 없는 사람들. 혼자이지 않고 둘이 함께이기에 행복했다. 사람들은 한때 사랑했었다는 이유로 결혼을 하고, 많은 시간이 흐른 뒤 서로에게 화를 내고 싸움을 한다. 우주 공간의 혜성이 지구 중력을 이기지 못해 지상으로 떨어지듯 다린과 철진은 만남을 그렇게 지속하고 있었다.

"청바우어새 알아? 청바우어새는 암컷의 흥미를 끌기 위해 푸른빛이 나는 병뚜껑, 깃털이나 푸른 단추들을 모아 집을 만들어. 그러곤 울음소리로 암컷을 유인해. 집이 마음에 들지 않으면 암컷은 떠나버리지. 마음에 들면 그 집 안으로 들어오고 짝짓기를 해. 그런데 재미있는 사실은 수컷의 털빛이 화려한 종일수록 수수한 구조물을 만들고, 털빛이 수수한 종일수록 크고 복잡한 구조물을 만든다는 거야." 철진이 말했다.

"새들도 암컷의 흥미를 끌기 위해, 그리고 경쟁 상대인 수컷을 위협하기 위해 부단히 노력하는구나. 사람이나 새나 고단한 삶을 살기는 마찬가지네." 다린이 웃으며 대답했다.

새벽녘이 되니 빗금을 긋듯 수많은 유성들이 떨어졌다. 휘익. 그러고는 눈 깜짝할 사이 사라져버렸다.

아름다운 생의 마감이었다.

* * *

철진은 아파트 문을 열고 집 안에 들어섰다. 깜깜했던 현관의 불이 켜졌으나, 집 안은 깜깜했다. 딸아이들은 아직 귀가하지 않은 모양이었다. 어두운 집을 지키던 하얀색 페르시안 고양이 블루가 야옹 하고 그를 반겼다. 몸은 하얗지만 눈은 파랬다. 오늘따라 외로움이 더욱 짙게 느껴졌다. 다린을 만나고 오는 날엔 집이 스산하게만 느껴졌다. 다린이 준 꽃다발을 탁자 위에 놓았다. 고양이 블루가 탁자 위로 성큼 올라가 꽃에다 코를 박고 향내를 맡았다. 그러고는 얼굴을 비비더니 흡족해했다. 꽃향기가 황홀한 듯 몸도 비볐다.

철진은 옷도 갈아입지 않고 투명한 유리 화병에 꽃을 꽂았다. 블루가 또다시 다가와서 코를 대고 향내를 맡았다. 꽃병을 쓰러

뜨릴 듯 얼굴을 들이밀었다. 철진은 그 모습을 물끄러미 쳐다봤다. 입가에 미소가 스몄다. 좋아하는 것을 자연스럽게 표출하는 모습이 보기 좋았다. '사랑한다면 저렇듯 주저하지 않고, 외부 조건에 저항하지 않으며 정면으로 다가설 수 있어야 하는 것이다' 라는 생각이 들었지만 이내 고개를 저어 생각을 떨쳐버렸다.

방으로 돌아와 넥타이를 풀고, 윗도리와 바지를 벗어 옷장에 걸려고 할 때였다. 침대 옆 탁자에 그와 아내가 함께 웃으며 찍었던 사진이 눈에 띄었다. 죽음이란 묘해서 아프고 슬펐던 기억은 빛 속으로 승화해버리고, 아련한 추억들만 남아 가슴을 아리게 했다. 우울했다. 서둘러 파자마를 갈아입고 거실로 나왔다.

그때까지 고양이 블루는 꽃에 얼굴을 파묻고 있었다. 백합과 서양 도라지꽃인 분홍빛 리시안서스, 그리고 흰색 난초 꽃가지 들이 바닥에 떨어져 있었다. 철진은 물끄러미 그 모습을 넋을 놓고 바라보았다. 지독한 외로움이 엄습해왔다. 고양이 블루를 번쩍 안아 무릎에 올려놓고 콧잔등 위를 쓰다듬어주었다. 고양이 는 가르랑거리며 행복해했다.

시간은 흐름이며 세월 따라 모든 것들은 퇴색한다. 그러나 아무리 세월이 지나도 퇴색하지 않는 것이 있다.

철진이 다린을 우연한 기회에 만난 이후 무미건조하던 일상은 갑자기 흐름을 멈춰버리고, 비로소 삶의 의미를 되찾기 시작했다. 일과를 마치고 집으로 들어서면, 자신의 존재는 텅텅 비어 있었다는 자의식이 고개를 쳐들었다. 이제껏 자신이 추구해오던 인격과 정체성이 흔들리고 있었다. 영원한 시간과 공간 속에서 어디로 끌려가는지도 모르는 채 시계추처럼 매달려 왼쪽 오른쪽을 오가며 살았다는 자각이 들었다.

침대에 누우니 가슴이 시려왔다.

한밤중에 비가 내렸다. 마치 속삭이듯 비가 내렸다.

철진은 지나온 시간과 앞으로 다가올 시간을 추적해보았다. 온몸이 까맣고 빨간 부리를 가진 불새가 의식 속을 날아다니고 있었다. 잠깐의 광휘에 재가 되어버릴 불새가 가혹하게 허공 속을 나는 모습이 보였다.

믿음이 무엇이었던가?

그는 우연이 필연으로 될 수 없는 한계를 인식하고 있었다. 그러나 육체는 자기가 만난 환희를 넘어서지 못하고, 희망은 가장 무망한 것들의 희망이었다.

그는 엄격한 질서 의식과 의무, 책임에 자기도 모르게 스스로 얽매인 사람이었다. 동시에 자신과 타인에 대한 마음이 열려 있는, 수양된 정신의 소유자이기도 했다.

좀처럼 잠이 들 수 없었던 철진은 창가를 서성였다. 스며드는 달빛이 다린의 사랑처럼 철진을 감쌌다.

보스포루스
해협,
노을의 빛에서

꿈이 없다면 어떤 일도 일어나지 않는다. 하지만 어떻게 사는 것이 충실한 인생인지 다린은 알 수가 없었다. 정치가로 명성을 얻은 남편은 점점 더 바깥일로 바빠졌다. 지역구 관리를 위해 지방 출장도 잦았다. 도청 이전 문제와 지방 산업 단지 조성 문제로 밤낮을 서류 뭉치 속에서 지내기도 했다.

새벽이 되어서야 들어온 남편은 "나흘 후 해외 출장이 있으니 당신도 준비해"라고 일방적인 통보를 해왔다. 우주 중심의 주체는 '나'일지 모른다. 그러나 남편은 '나'라는 것이 너무 강했다. 다린의 강의 시간 따위는 안중에도 없었다.

그리스 국회 부의장이 여야 의원 세 명의 부부를 초청했다고 했다. 그리스, 터키, 이집트를 돌아보고 오는 일정이었다. 남편은 방문국 주요 인사들에게 전할 선물로 자개함, 손목시계, 홍삼 선물세트 등을 준비했다.

런던을 경유하여 그리스에는 새벽에 도착했다. 하늘빛이 어두웠다. 비가 내릴 것 같았다. 호텔에 여장을 풀고 잠시 휴식을 취했다.

오후의 공식 일정에 앞서 일행은 잠시 관광에 나섰다. 아테네 길은 일방통행이었고 올리브 나무가 가로수로 심어져 있었다. 삶이란 무엇인가, 인간이란 무엇인가, 실존의 문제, 가치의 문제, 자아, 즉 내면의 문제를 생각했던 철학의 시초인 소크라테스와 소피스트들이 담론을 펼쳤을 아크로폴리스 언덕에는 들고양이들과 들개들이 어슬렁거리고 있었다.

소피스트들은 '객관적인 진리는 없으며 오직 우리의 주관적인 판단만이 있을 뿐'이라는 상대주의적 관점으로 세상을 바라보았고 결국 이렇게 많은 진리가 있다면 진정한 진리는 없다는 결론에 이르렀다. 반면, 소크라테스는 홀로 상대주의적 진리관에 반기를 들고 '세상에는 보편적이고 절대적인 진리라는 것이 존재한다'고 말하며 '진리가 없다고 말하는 것은 무지'라고 주장했다. 철학을 하던 소크라테스가 정치에 휘말리다 독배를 마시고 죽음에 이른 것을 '최초의 철학적 순교'로 본다던 철진의 이야기가 떠올랐다.

"너 자신을 알라!(Gnothi Seauton!)" 고대 그리스의 유명한 격언으로, 델포이의 아폴론 신전 앞마당에 새겨져 있던 것이라 한다. 지혜의 기둥에 서 있다는 문구를 다린은 혼자 되뇌었다.

"너 자신을 알라!"

붉은 돌길, 스산한 아크로폴리스 언덕에 바다와 하늘을 상징한다는 파랑색과 흰색으로 된 그리스 국기가 빗속에 걸려 있었다.

2천5백여 년 전 찬란했던 문명은 이제 폐허로 남았다. 아크로폴리스 언덕에는 소크라테스와 소피스트들처럼 어둠길을 배회했을 들고양이 두 마리가 서로 할퀴며 싸우고 있었다.

다린은 초등학교 시절 사진을 보고 언젠가 꼭 가서 보리라 마음먹었던 파르테논 신전과 에렉테이온 신전을 돌아보았다. 바람이 휘몰아치니 아크로폴리스는 더욱 스산하게 느껴졌다.

일행은 고린도로 가서 에메랄드빛의 에게 해를 바라보며 점심 식사를 하기로 했다. 눈부시게 푸른빛인 에게 해는 날씨가 맑아서인지 더욱 반짝였다. 다린은 '우리의 생도 저렇듯 푸른빛이면 얼마나 좋을까' 하고 생각했다.

국회 부의장을 지낸 P의원 내외는 틈이 날 때마다 은근한 사랑을 내보이며 아름다운 노부부의 모습을 드러냈다. 다린은 그들을 바라보며 홀로 많은 생각을 했다.

'우리도 저 나이가 되면 서로를 챙겨주고 야트막한 계단도 미리 알려주는 따사로운 사이가 될 수 있을까?'

'아니, 저들의 생애도 그리 순탄치만은 않았을 거야.'

모두들 정장으로 옷을 갈아입고 그리스 국회의사당으로 향했다. 전문 통역을 할 수 있는 영사가 미리 나와 있었다. 그리스 국회 부의장은 뚱뚱했지만, 어딘가 냉정한 날카로움을 엿볼 수 있었다. 그들은 일행을 반갑게 영접해주었고, 그리스 국회 부의장이 직접 다린 일행을 집무실에서 공식 접견 형식으로 안내했다.

농담도 멋스럽게 하며 외교에 탁월한 능력이 있어 보였다. 남편은 미리 준비해온 질문 몇 가지를 했다. 집 밖에서 바라보는 남편의 모습은 몹시도 늠름했다.

계속해서 질문과 몇 마디 대답이 오갔다. 남편은 준비해온 선물을 증정하고 국회의사당 앞에서 단체 사진을 찍었다. 일행의 짧은 체류 일정에 그리스 국회 부의장은 아쉽다는 뜻을 전하기도 했다.

국회의사당 앞에는 터키와의 전쟁에서 희생된, 신원이 밝혀지지 않은 병사들의 넋을 기리는 무명용사비가 있었다. 군인의 묘 앞에는 호위대가 서 있었다. 그들이 입고 있는 것은 그리스 전통 의상인 에브조나스 복장이라고 현지 영사가 말했다. 그러고 보니 위병들은 앞 코가 뾰족한 빨간 구두에 까만 털 뭉치가 달린 신발을 신고 있었다. 아무런 움직임 없이 총을 메고 서 있는 모습이 마치 커다란 인형을 보는 듯했다.

저녁 식사 후 일행은 카이로로 가기 위해 공항으로 이동했다. 아테네에서 카이로까지는 두 시간이 소요되었다.

* * *

두 번 다시 여행하기 어려운 곳에 와서인지 잠자는 시간조차 아까웠다. 남편은 피곤했는지 금세 깊은 잠에 빠져들었다. 가만히 호텔방을 나왔다. 이른 새벽 호텔 로비에는 벌써부터 외국 관광객들이 피라미드로 가기 위해 모여 있었다. 제법 굵은 삼각대와 무거운 카메라 가방을 들고 차에 올라탔다.

다린은 이른 새벽 호텔의 정원을 호젓이 걸었다. 바람이 차가웠으나 상쾌하게 느껴졌다. 갑자기 어디선가 웅 하는 소리가 들렸다. 온 세상이, 세상의 모든 사람들이 함께 경전을 읽는 소리 같았다. 하늘 가득 울려 퍼지는 그 소리는 동 트기 전의 기도를 알리는 아잔이었다. 처음엔 놀랐으나 다린은 곧 그 소리에 아늑함과 평안함을 느꼈다. 다린의 마음을 하늘 높이 들어 올리는 소리였다.

정원 한 모퉁이에서 건장한 남자 몇 명이 각자 카펫을 깔고 메카를 향해 이마가 땅에 닿도록 기도를 했다. 하루 중 동 트기 전과 정오 직후, 오후, 일몰 후, 밤 기도, 모두 다섯 번의 기도를 드린다고 했다. 이집트인들은 육체와 영혼의 분리, 사후 세계의 존재를 믿는다. 다린은 그들이 남루한 생활을 하면서도 긍정적인 사고를 할 수 있는 종교의 힘을 다시금 생각해보았다. 다린도 기도는 할 수 있었다. 하지만 종교에는 무릎이 꿇어지지 않았다. 언젠가 공허한 거리에서 돌아와 신 앞에 마음으로 무릎 꿇을 날이 있으리라.

'그래, 모든 인간은 죽음을 맞이하게 된다. 그 죽음까지의 긴 인생행로. 인생은 하나의 예술 작품이다. 나는 어떤 형태의 작품을 만들 것인가? 운명의 신이시여! 저를 시험에 들지 말게 하옵소서! 제 자신의 분별력을 잃지 않게 하옵소서!' 다린은 간절한 마음으로 기도를 하며 호텔 정원을 걸었다.

하늘이 떠오르는 아침 해로 온통 선홍빛으로 물들어 있었다.

호텔방에 돌아오니 남편은 아직 침대에 누워 있었다.

"어디 갔다 왔어! 간다면 간다고 말을 하고 나가야지." 다짜고 짜 짜증을 냈다.

"바깥 하늘 좀 봐요, 저렇게 붉은 아침놀은 처음인데……."

"그게 그거지 뭐." 남편은 늘 그런 식이었다. 새삼스러울 것도 없는 대답이었다. 그녀가 무슨 말을 하는지 관심도 없었다. 그저 중요한 것은 다린이 그와 함께 잠자리에 들고, 가정의 평화를 위해 헌신하고, 시부모를 잘 모시는 것이었다. 다린은 가끔 화가 났다. '나는 무엇인가'라는 화두가 고개를 들곤 했다.

결혼 초기 저녁 무렵이 되면 2층 베란다에 서서 밖을 내다보며 가정의 따사로움, 휴식과 안락을 바라며 퇴근길에 오른 사람들의 발소리를 듣곤 했다. 그러나 결혼한 여자의 삶에는 전혀 예상하지 못했던, 불안정한 마음의 상태가 비밀스럽게 존재한다는 것이 잔잔한 슬픔으로 다가왔다. 서로가 생각을 공유할 수 없었고, 내가 하고 싶은 것, 나의 희망과 나의 포부는 먼지 날리는 창고 속에서 숨을 죽이고 있어야 했다. '나는 나 자신이어야 한다'라고 혼자 반복할 뿐이었다.

결혼이란 저녁마다 헤어지기 싫어서 선택하는 간절한 그 무엇이 아니던가. 데이트 시절 서로의 기다림은 영원만큼이나 길게 느껴졌고, 시간 밖의 공기는 여린 떨림으로 자신을 그득하게 감쌌다. 대체 그 시간들은 어디로 간 것일까. 서로 좋아했단 이유로 함께 살던 사람들이 해가 바뀌고 나자 마음이 변해, 뜨겁게 서로의 볼을 맞대던 시간을 잊고 있었다.

일행들은 숙소에서 멀지 않은 세계 7대 불가사의 중 하나인 피라미드 관광에 나섰다. 세 개의 피라미드 근처에는 관광객들이 북적대고 있었다. 쿠푸 왕의 피라미드, 멘카우레 왕의 피라미드, 카프레 왕의 피라미드. 실제 모습을 보자 어마어마한 돌의 크기와 평균 2.5톤이나 된다는 돌의 무게에 깜짝 놀랐다. 다린은 "저 돌들은 어떻게 운반했지요?" 하고 물었다.

"그 시대의 이집트인들은 수레나 말을 이용할 줄은 몰랐고, 돌을 캐내어 뗏목으로 운반하고 공사를 하기 위한 도로를 만들었답니다. 지레나 굴림대를 이용했다고 하지요. 약 10만 명의 노예가 석 달마다 교대로 일하며 10년이 걸렸다고 보는 학자도 있어요. 돌을 높이 쌓아 올리는 데만 20년 이상 걸렸다고 합니다." 현지 영사의 설명이었다.

"저렇게 거대한 돌들을 사람의 힘으로만 운반했다니……. 노예들의 피땀으로 만들어진 거네요."

"요즘에는 피라미드가 이집트인들의 강제 동원이 아닌 자발적인 참여에 의해 만들어졌다고 보는 견해가 있습니다. 피라미드를 지을 당시 이집트는 농업 대국이었지요. 하지만 나일 강이 매년 몇 달 동안 범람하자 농사를 짓지 못하는 백성들이 피라미드 건설에 참여해 식량을 받아갔다고 합니다. 그러니까 그 시대의 구휼 사업 중 하나라고 볼 수 있지요." 일행 중 대학 교수를 하다 국회의원이 된 K씨가 말했다.

다린은 태양신을 숭배하던 자신들의 종교적인 열정으로 즐겁게 일을 했겠다는 생각을 했다.

"거참, 석재 사이에 종이 한 장도 들어가지 않는다니 참으로 놀랍지요?" 남편이 말했다.

쿠푸 왕의 피라미드 내부를 볼 차례였다. 들어가는 통로와 나오는 통로가 달라 한번 들어가면 끝까지 가서 돌아 나와야 한다고 했다. 우리의 인생처럼. 되돌아갈 수 없는 시간처럼. 내부에 들어서자 허리를 굽혀야만 걸을 수 있는 좁은 통로가 이어졌다. 어렵게 찾아간 쿠푸 왕의 석실은 텅 비어 있었다.

피라미드는 무덤이고 죽음의 공간이다. 이집트 문명의 가장 큰 특징은 영혼 불멸 사상이다. 그러나 떠나간 영혼이 돌아오기를 기다리던 미라가 박물관에 전시되어 있는 것은, 수많은 미라를 보면서 영혼을 기다리는 미라 또한 빛바랜 유적과 함께 허망한 것이었다.

일행은 낙타를 타기로 했다. 먼저 국회 부의장 내외가 낙타의 등에 올라탔다. 낙타가 일어서자 의원 부인은 "어머" 하며 놀라움을 표현했다. 다린은 낙타의 모습을 물끄러미 바라보았다. 높이가 약 2미터 정도 되었다. 떨어지면 부상을 입을 수도 있을 것이다. 낙타의 등 위에는 안장이 놓여 있었다. 관광객이 안장 위에 올라앉으면 몰이꾼은 낙타를 일으켜 세웠다. 한 번의 채찍만으로 낙타는 뒷다리부터 일어섰다. 낙타가 일어설 때는 안장 앞에 있는 손잡이를 꽉 잡고 상체를 뒤로 젖혀야 했다. 그 다음에 채찍을 때리면 낙타는 앞다리를 펼쳤다. 그때는 다시 몸을 앞으로 숙여 몸의 중심을 잡아야 했다. 낙타는 순했다.

다린은 채찍 한 번에 관절을 하나씩 펼쳐서 일어서는 낙타를 바라보며 제 운명에 순종해가는 우리의 슬픈 모습을 떠올렸다. 그리고 신 앞에서 무릎을 꿇지 못하는 자신 때문에 마음이 아팠다. 세례를 받고도 맹신을 할 수 없는 자의 괴로움이었다. 무언가에 대한 목마름과 허기가 언제나 자신이 있는 자리를 낯설게 만들었다.

다린도 낙타의 등 위에 올랐다. 생각보다 높았다. 조금 걷다 보니 계속 등에 관광객을 태우고 다니는 낙타가 너무 고단할 것 같았다. 보이지는 않지만 낙타의 등에서 피가 나고 있는 것 같았다. 낙타몰이꾼에게 낙타를 세우게 했다. 그리고 등에서 내려 낙타를 쓰다듬어주었다.

피라미드가 있는 이 땅은 지금은 황폐한 사막이지만 7천만 년 전에는 풀과 나무가 우거진 비옥한 땅이었다는 어느 역사학자의 글을 읽은 기억이 났다. 그곳에서 낙타는 수염 덥수룩한 주인의 채찍을 두려워하며 등에 관광객을 태우고 저만치 갔다가 돌아오기를 반복하고 있었다. 그 길이 생애의 제 길인 양 한없이 맴돌았다. 오늘도 그렇고, 내일도 그러할 것이다. 규정된 길을 조금이라도 벗어나면 주인은 채찍을 휘둘렀다. 낙타의 주인은 진정 인간일까? 인간은 자기 자신의 주인일까? 신도 사라진 이 땅에서 우리는 왜 이 자리에 이렇게 서서 갈등하고 있는 것일까? 인간은 영혼의 지배를 받고 지구는 주인 없이 스스로 변화하는 것일까?

우리는 비바람에 부식되어가는 선조들의 벽화와 조각을 복원하고, 복원한 벽화와 조각들은 또다시 부식될 것이고, 그다음 세대도 닳아가는 조각과 벽화, 그림을 복원하며 영원한 시간의 짧디짧은 순간의 자리를 차지할 것이다. 아, 잔인한 시간이여, 영원히 지속될 역사여! 하찮은 아름다움, 그리고 찬란함.

룩소르로 가기 위해 기차역으로 향했다. 이집트인들은 삼삼오오 모여서 물담배를 돌려가며 피우고 있었다. 홍차나 커피를 마시며 주사위나 도미노 게임을 즐기기도 했다. 역사는 너무나 지저분하지만, 그 역사를 만들어가는 사람들은 평화롭고 태평했다. 이집트인들이 입은 흰색 옷이 더욱 평안해 보이게 했다. 기차를 타려면 시간이 남아 커피를 마시기로 했다. 현지 가이드가 "아마 드시기 어려울걸요. 이집트의 전통 커피인 카흐와 커피를 드셔보시지요" 하고 말했다.

이집트가 아니면 어디서 먹어볼 수 있으랴. 다린은 그것을 주문했다. 커피와 설탕을 한꺼번에 넣고 끓이는 것으로, 주문받을 때 설탕 양을 먼저 물었다. 커피는 우리나라 탕약처럼 진했다. 커피 가루까지 섞여 있기 때문이다. 커피를 마시고 난 후 이집트인들은 접시 위에 잔을 뒤집어 찌꺼기로 하루 점을 친다고 한다.

카이로에서 룩소르까지는 10시간 이상 걸린다고 했다. 다소 지저분하고 어수선한 일반 객차와 달리 외국인 전용 객차는 깔끔했다. 앙증맞은 세면대도 마련되어 있었다.

제복을 깔끔하게 차려입은 승무원이 와서 음료를 무엇으로 하겠느냐고 물었다. 와인을 주문했다. 카베르네 소비뇽 한 병을 가져왔다. 조금 후에 현지 가이드가 노크를 했다. 와인은 자기가 보낸 것이라며 편히 주무시라고 했다. 다린은 오랜만에 남편과 와인을 마시면서 이야기를 나누었다.

잘 시간이 되자 승무원이 와서 좌석을 변경시켜 2층 침대로 만들어주었다. 깨끗한 시트를 깔아주자 쾌적한 침상이 되었다. 남편은 2층에서 자겠다고 했다. 그러고는 피곤했는지 바로 잠이 들었다.

다린은 침상에 앉아 커튼을 젖히고 창밖을 바라보았다. 기차 안에서는 화성을 발달시키지 않고 단선적인 선율에 리듬 변화를 많이 준 아랍 음악이 잔잔히 흘러나왔다. 간혹 불빛이 있는 역사를 지나칠 때면, 이집트인들의 긴 흰 옷이 불그스레한 역사의 불빛에 물들어 밤의 어둠을 더욱 적막하게 했다. 밤의 가로수가 검은 빛으로 휙휙 지나갔다.

서산 대사는 "생이란 한 조각 구름이고, 죽음은 한 조각 구름이 사라지는 것이다"라고 말했다. 부귀영화는 다 사라지고 뼈다귀 같은 몇 개의 유적으로만 남아 있는 고대 도시들. 모든 것은 머무를 수 없는 것인가? 언젠가는 사라질 오늘인가? 죽음은 죽음으로 끝인가?

이집트에 오자 무언가에 사로잡힌 듯 죽은 혜빈이 생각났다. 혜빈은 "신이 나에게 허락한 것은 아무것도 없어. 처음 그와의 사랑은 돌이킬 수 없는 불길이었지만 나는 그를 사랑하지 말았어야 했어. 나는 사랑 그 너머의 무엇이 보고 싶었어. 그 무엇이 있을 줄 알았어. 하지만 지금 내게는 만신창이가 된 내 영혼과 한껏 낮아져버린 내 자아가 남아, 억지로 내 생을 버티며 붙잡고 있어. 파란 하늘이 보고 싶어. 푸른 하늘에 내 몸을 맡기고 싶어" 하며 절대 고독에 몸부림쳤었다. 혜빈의 끝없는 기다림의 시간이 끝나가고 있다는 것을 다린은 알아채지 못했다. 삶은 무엇이고 죽음은 무엇인지, 진정한 인생의 목표는 무엇인지, 또한 종교란 무엇인지 등 여러 가지 의문이 스쳐가는 밤을 지키고 있었다.

화장실에 가기 위해 살며시 객실을 나오다가 깜짝 놀랐다. 이집트 군인처럼 보이는 키 큰 남자가 장총을 메고 나와 마찬가지

로 밤을 지키고 있었다.

* * *

저 멀리서 철진이 쓸쓸하게 웃고 있었다. 다린의 손을 덥석 잡고는 "우리가 처음 만났던 순간을 생각해봐. 나는 다시 한 번 당신과 사랑에 빠졌어"라고 말했다.

다린은 "아니야, 죽어서도 용서받지 못하는 사람이 되고 싶지 않아. 우리의 사랑은 예정된 비극일 뿐이야"라 외치며 도망쳤다.

꿈이었다. 다린은 쓸쓸한 한편으로 포근했던 잠에서 깨어나 몽롱한 상태로 꿈을 상기했다.

현실과 꿈 사이에서 다린은 '나'를 놓아버리고, 매혹의 시간에 '나'를 풀어놓고 한참을 그대로 누워 있었다. 꿈과 깨어남의 경계에 머무르는 자신의 영혼을 그대로 방치하고 있었다.

* * *

새벽에 도착한 룩소르는 조용했다. 카이로와는 달랐다. 그들은 호텔로 향했다.

호텔 옆에는 나일 강이 새벽의 여명 속에 유유히 흐르고 있었다. 다른 사람들은 체크인 수속을 밟으러 갔지만, 다린은 호텔 옆

산책로를 따라 걸었다. 물안개가 피어오르는 나일 강변의 한적한 풍경이 마음을 편안하게 했다.

룩소르는 죽음이 풍요로운 도시였다.

"룩소르에서 나일 강 동쪽은 산 자의 도시, 서쪽은 죽은 자의 도시로 불립니다." 가이드가 말했다. "이집트, 팔레스타인, 레바논, 시리아까지 지배했던 신왕국의 영화로웠던 람세스들이 거대한 모래산의 반대편 안쪽, 왕가의 계곡에 무덤들을 이루고 있습니다."

"저 끝없이 펼쳐지는 사막의 평야 그리고 모래산 무덤들을 보니 영광도 참 부질없네요." 다린이 말하자 남편이 마음에 들지 않았는지 다린을 흘깃 쳐다보았다.

"거대한 피라미드가 도굴된 것을 보고 신 왕국의 왕들은 도굴을 피하기 위해 땅 속으로 무덤을 팠어요." 가이드의 말이었다.

"그 당시 왕이 즉위하면 무덤을 만들기 위해 땅을 파기 시작했다고 하지요?" 국회 부의장이 말했다.

"그 많은 무덤들이 모두 도굴되었는데도, 즉위 기간이 짧았던 투탕카멘 왕의 무덤은 도굴되지 않았네요."

일행은 왕의 무덤 안으로 들어갔다. 투탕카멘 왕의 무덤에서 나온 유물들은 카이로 박물관에 전시되어 있다고 했다. 벽과 천장의 부조와 벽화들이 놀랍기만 했다. 그림으로만 보던 상형문자를 직접 대하니 가슴에 잔잔한 기쁨이 일었다. 물체의 모양을 본떠서 만든 상형문자에 대해 다린은 늘 알 수 없는 경외감을 가지고 있었다. 지금도 해독되지 않는 상형문자는 3천3백 년이라는 긴 세월이 전달되지 않고 있는 것이다.

황금 가면, 화려한 무덤과 부장품들을 보면 고대 이집트인들의 죽음에 대한 생각을 알 수 있다. 저승에 가서도 이승에서 누린 부와 권력을 누리기 바라는 마음은 내세관을 지니지 못한 현대인들과 다른 점이라고 다린은 생각했다. 현대인들의 영혼에 대한 믿음도 사라진 것이 아쉬웠다. 권력과 부 그리고 영원에 대한 집착도 부질없다는 생각이 들었다. 우리가 쌓아가고 있는 이 모든 것들이 얼마만큼이나 필요할 것이란 말인가. 피라미드를 쌓아 불멸과 영생을 바라던 파라오들의 수많은 미라를 보며 모든 것이 부질없음을 뼈저리게 느꼈다.

* * *

이집트에서 이틀 더 여행한 뒤 이스탄불로 향했다.

유럽과 아시아의 경계가 되는 보스포루스 해협을 끼고 있는 이스탄불은 동서양이 공존하는 독특한 도시였다. 도시 전체가 역사박물관이었다. 옛날 유적지에 현지인들이 살고 있는 모습은 우리나라의 유물 보존 모습과는 사뭇 달랐다.

로마 시대에 완공되어 10세기 동안 그리스 정교의 본산으로 이름을 떨쳤던 성소피아 성당을 관광했다. 1453년 도시를 점령한 이슬람 제국은 성당 건물을 훼손하지 않고 회칠을 하여 이슬람 사원으로 개조하였다 한다. 벽의 일부는 회칠을 벗겨냈는데, 회칠 밖으로 다시 모습을 드러낸 금빛 찬란한 성모마리아와 예수 모자이크, 성화들 앞에서 다린은 숙연해졌다. 알라와 무함마드 사이에 성모마리아와 예수가 존재하고 있었다. 인간들은 생각과 사상으로부터 자유롭지 못한 나약한 존재일 뿐이라는 생각이 들었다. 금빛 찬란하던 성화가 몇백 년간 회칠 속에 감추어져 있었다. 그들은 왜 아름다운 성화 위에 회칠을 했어야만 했단 말인가? 역사 속에서 정복하고 정복당하는 것은 무엇인가? 종교는 무엇인가? 세상의 모든 종교가 관용을 가질 수는 없는 것인가? 다린은 성화 앞에서 두 손 모으고 기도하는 마음이 되었다.

일행은 성소피아의 건축 양식을 모방하여 건축한 전통 회교 사원인 블루모스크로 향했다. 기도드리기 전에 손과 발을 씻는 의식이 있었다. 육체적인 청결의 의미였다. 신발을 벗고 머릿수건 히잡을 쓰고 안으로 들어갔다. 기도드리는 것은 올바르게 사람답게 살게 해달라는 의미이리라.

슬픔이 밀려왔다. "하느님, 저를 시험에 들게 하지 마옵소서." 다린의 간절한 기도였다.

어떤 한 사람의 존재가 의미를 갖게 될 때에는 충만감이 자신의 주위를 에워싸게 된다. 아무리 냉정하고 이성적 인간이라 할

지라도 사랑이라는 감정에 휘말리면 그 사랑이 언제 끝날 것인가를 가늠하지 않게 된다. 이성적으로는 아무것도 아니라는 것을 알지라도 육체는 사랑의 환영에 빠져 허우적거리게 된다. 충만한 열정이 빛과 환희의 시간에 다다를 수 없다면, 우리는 고통 속에서 서서히 허약해질 것이다. 다린의 간구는 한 사람의 인간으로서 자신의 자아와 멀어지지 않게 해달라는 것이었다.

코발트 빛 보스포루스 해협의 물을 물끄러미 바라보았다. 다린이 지금 바라보고 있는 것이 물인지 물빛인지 아니면 물결인지를 생각했다. 저 멀리에서 빛나는 은빛 물결을 바라보자 철진의 말이 생각났다.

"저 은빛 물결을 봐. 생이란 긴 것이 아니야. 그러니 살면서 저렇듯 반짝여야 하지 않겠어?"

철진은 다린의 잠든 열정을 일깨웠다. 내면 깊숙한 곳에서 사막의 모래바람을 지우고, 어둠을 몰아내고, 상처를 지우고, 태양처럼 눈부시고 투명한 유희 속으로 함몰되고 싶었다. 철진과 함께 있으면 침묵해도 조금도 어색하지 않았다. 침묵과 침묵 사이에 고요함이 있고 평화로운 화음이 흐르는 것 같았다.

다린은 조용히 일어나 배의 뒤쪽 갑판으로 나갔다. 해안에는 고대 유적지, 그림같이 아름다운 터키의 마을, 외국인들의 하얀 별장 그리고 곳곳에 우거진 숲이 조용히 자리하고 있었다.

한참을 가다 보스포루스 해협이 흑해와 마르마라 해로 나뉘는

위치에 다다랐다. 두 갈래의 길. 우리 또한 두 갈래 길에서 하나를 선택할 수밖에 없다. 한 길을 선택해서 가는 동안 우리가 진심으로 행복했다고 생각하는 순간은 얼마만큼이고, 붉은 열정과 기쁨의 순간들은 얼마만큼일까? 생이란 빛나는 순간은 짧고 시냇물이 바다에 다다르기까지의 오랜 여정이 필요한 것은 아닐까?

다린과 남편이 사는 집도 한때 라일락꽃이 활짝 펴서 향기를 내뿜고 순결한 목련이 흐드러지게 피던 시절이 있었다. 열정은 그냥 지켜지는 것이 아니다. 그 열정을 지키기 위한 튼튼한 성곽을 쌓아야 한다. 하지만 언제부터 성곽을 쌓는 일이 힘들어졌던가?

다린은 자신이 진정으로 원하는 것이 무엇인가를 생각했다.

'돌마바흐체'는 가득 찬 정원이라는 뜻이라 한다. 돌마바흐체 궁전의 외형은 웅장하고 아름다웠다. 세계에서 가장 큰 크리스털 샹들리에는 무게가 4.5톤이나 되며 그 화려함을 이루 형언할 수 없었다. 285개나 되는 방의 각기 다른 실내장식과 실크 카펫, 커튼은 홀의 아름다움을 더욱 빛나게 했다. 돌마바흐체 궁전은 찬란했던 오스만 제국의 영광을 보여주기도 하지만, 동시에 한 왕국의 서글픈 종말을 보여주었다.

오스만투르크 제국의 비운의 왕자였던 오르한의 일생을 보면 권력의 무상함과 인간의 운명을 생각하지 않을 수 없다.

1892년 군사 정권에 의해 강제 추방된 지 68년이 지나, 황태자 오르한은 초라한 노인이 되어서야 비행기 트랩에서 내려 그토록 열망하던 조국의 땅을 밟았다. 그리고 엎드려서 땅에 입맞춤한 후 오랫동안 앉아 있었다 한다.

15세였던 오르한은 궁전 뜰에서 놀고 있을 때, 대신들이 가져온 서류에 무심코 서명을 하게 되었다. 그 서류에는 남자는 50년, 여자는 28년 동안 조국으로 돌아올 수 없다는 조항이 있었다. 그러나 어린 오르한은 그것을 알지 못했다. 비극적인 자신의 운명에 대한 서명이었다는 것을. 슬픈 운명은 자신으로 끝나야 한다며 결혼도 하지 않고, 가장 빨리 조국으로 돌아갈 수 있는 이집트에서 머물렀다. 오르한이 왕족인 것을 알고 한 이집트인이 개인택시를 내주어 택시 운전을 하기도 했고, 생계를 위하여 수많은 직업을 전전했다. 이집트에서 그의 행적이 뉴스에 자주 오르자, 프랑스로 건너가 숨어 살았다. 50년이 지난 후부터 계속 탄원서를 냈지만 집권 세력에 의해 귀국 청원은 이루어지지 않았다. 죽기 전 꼭 한 번 조국 땅을 밟아보는 것이 그의 소원이었다고 한다. 여론에 의해 마침내 귀국하게 된 83세의 오르한은 어린 시절을 보냈던 돌마바흐체 궁전에서 5일간만 머물게 해달라고 했다. 어릴 때 떠났던 돌마바흐체 궁전의 벽들과 금빛 찬란한 자신의 침대도 어루만지며 회상에 잠긴 듯 가끔 눈을 감기도 했단다.

그는 보스포루스 해협에 놓인 다리를 건너보고 싶어 했다. 차량 전용인 그 다리를 건너다 차에서 내려 노구를 이끌고 천천히 걷기 시작했다고 한다. 이 모든 광경이 텔레비전으로 중계되었고 터키인들은 그 화면을 보며 눈물을 흘렸다.

국민들은 그가 계속 터키에 머물기를 원했으나 자신은 터키에 세금 한 푼도 낸 적이 없어 터키에 머무를 자격이 없다며 조국의 흙 한 줌만 가지고 이집트로 돌아갔다. 1년 후 그는 죽었다. 즉위식 때처럼 가슴에 손을 얹은 채였다.

거대한 역사의 수레바퀴 아래 무력한 한 인간의 슬픈 운명.

붉은 태양이 지고 있었다. 이제 곧 보스포루스 해협을 붉게 물들일 터였다.

* * *

현지인의 생활 모습을 직접 느끼기 위해 시장에 들르기로 했다. 내부가 미로처럼 얽혀 있는 그랜드 바자르는 쉽게 길을 잃을 것 같았다. 터키 보석상에 들렀다. 상점 주인은 상점에 들른 유명한 사람들과 관광객들의 사진을 찍어 벽에 걸어놓고 있었다. 보석 가게 주인은 호탕했다. 작은 보석을 하나 사고 나서 벽에 걸 접시를 사기 위해 시장을 둘러보았다. 다채로운 빛깔의 상품들이 전시되어 있는 시장은 화려했다. 전통 옷을 파는 가게, 스카프를 파는 가게, 축음기를 파는 가게를 지나 접시 파는 가게를 찾았다.

가게 주인은 청년이었다. 어디서 왔느냐고 물었다. 다린이 "코리아"라고 말하자 아주 반갑다며 친밀감을 표시했다. 청년은 지나가는 차 장수를 불렀다. 쟁반에는 열 잔 정도의 찻잔이 놓여 있었다. 맑고 투명한 붉은빛 홍차가 자그마하고 앙증맞게 생긴 예쁜 찻잔에 담겨 있었다. 청년이 차를 권했다. 다린은 고맙다고 말하고 찻잔 하나를 집어 들었다. 청년은 홍차의 온도만큼이나 따사로웠다. 정이 많았다. 옆 가게의 사람들에게도 다린을 "코리안"이라며 소개하기도 했다. 다린도 다른 가게 주인들에게 미소를 지으며 작은 고개 숙임으로 인사를 나누었다. 정이 흐르는 시간이었다. 터키인들에게는 동양적인 향기가 있었다. 접시 두 개를 고르고 가게를 나서는데 뒤에서 청년이 다린을 바라보며 손을 흔들었다. 다린은 오래도록 그 일을 기억할 것이다. 미소를 지으면서. 인간과 인간 사이에 흐르는 따뜻한 전류. 다린이 살아가는 동안 그것은 아름다움으로 기억될 것이다.

사람들의 마음속에는 나이를 먹지 않는 시절이 있다. 절대 다른 색으로 물들여지지도, 길들여지지도 않는 순결했던 시간.

교문 밖 휴게실로 라면을 먹으러 내리막길을 달려가던 네 명의 여고생들이 있었다. 양 갈래로 땋아내린 머리카락은 위아래로 흔들리고, 검정색 교복치마는 바람에 휘날리며 싱그러운 허벅지를 드러냈던. 즐거움을 동반한 웃음은 가볍게 위로 떠올라 창공으로 퍼져 나가는 맑은 소리를 냈다. 웃음소리에서 쨍그랑하는 청아한 소리가 났다. 찌그러진 양은 냄비의 아름다운 추억. 학년이 바뀌면서 반이 바뀌어도 다른 반의 종례를 기다리며 함께 달려가던 친구들. 대학생이 되어서도 방학을 맞으면 다 함께 여름 바닷가를 찾아 깔깔대던 네 명의 친구들이 만나기로 했다. 오랜 추억에 대한 그리움으로 미소 짓게 하는, 여름날 맑은 하늘에 뜬 하얀 구름 같은 친구들이었다. 한 친구는 기독교, 또 한 친구는 불교, 또 다른 친구는 아직 종교를 가지지 않았으나 어머님께서 불교를 믿으셔서 불교가 마음에 와 닿는다고 했다. 다린은 천주교도였으니, 모두의 종교가 달랐다.

그녀가 강의하는 대학교 주변에서 친구들과 만난 지도 꽤 여러 해가 되었다. 그곳에는 카페가 하나 있었는데, 조용한 방이 있어 문을 닫고 마음껏 소리 내어 이야기할 수 있었다.

다린의 강의가 길어져 약속 시간에 조금 늦게 도착했다. 친구들이 한참 무언가를 이야기하고 있었다.

"얘, 인생에 보상이란 없는 거야. 잃어버린 시간에 대한 보상이 있을 수 있니? 그 무엇도 인간의 삶을 대신할 수 없어, 안 그래? 재산도, 명예도. 다만, 봄에 새싹이 돋아나듯, 그렇게 다시 살아갈 힘이 주어질 때 보상을 받는 거야." 채림이 말했다.

"자신이 원해서 그 삶을 살아가는 것과 원하지 않았는데 그 삶을 사는 것은 하늘과 땅 차이지." 신애가 말했다.

"자신의 운명을 받아들이기까지 얼마나 많은 시간이 필요하겠니? 결혼 초에 우리 남편 참 권위적이었잖니? 자신이 가정의 안전을 보장하기 때문에 가정을 지배하는 것이 정당한 거라고 철저히 믿는 사람이었어. 천둥이 치던 여름날이었어. 내가 자기와 의논하지 않고 조금 비싼 가구를 들여놓았다고 내 신용카드를 정지시키잖니. 나를 길들이려고 했는지 모르지만, 나는 심한 모멸감을 느꼈어. 억울해서 혼났다 얘. 남편이 벽처럼 느껴지더라. 나를 그렇게 이해할 수 없는 건지…… 참 쓸쓸하더라. 외롭기도 하고. 그런데 덜컥 임신이 되잖니. 이게 뭐냐 말이야. 그때 시어머니도 편찮으셨잖아. 참 힘든 시간이었어."

문득 다린의 머리를 스치는 기억이 있었다. 다린이 대학생일 때 어느 유명한 여성 변호사가 남편과 이혼 지경이었는데 임신을 했다는 기사를 보며 인생의 모순을 느꼈던 적이 있다. 그때 다린은 절대 그런 운명에 휘둘리는 삶을 살지 않겠다고 다짐했다.

"나도 요즘에는 조금 편안해진 것 같아." 채림이 말했다.

"우리 시어머니는 평생 남편만을 위해서 사셨잖니? 그런데 언제나 군주처럼 군림하시던 시아버지는 치매를 앓아도 마찬가지더라. 심지어 연세가 여든둘이신 시어머니께 손찌검을 하시잖니. 갈수록 심해지셔서 우린 가족회의를 통해 시아버지를 요양원에 모셨어."

"그래, 적응 잘 하시니? 처음에는 가족들에게 버림받았다고 생각하시는 분들이 많아. 하지만 남아 있는 가족들이 삶다운 삶을 살게 해주지. 얘들아, 요즘에는 요양원에 들어오신 할아버지 할머니가 사랑에 빠지기도 해. 아침마다 맵시를 내고 머리를 단정히 빗고 할머니 방으로 데이트 가시는 할아버지도 계셔. 그런데 그게 요양원 분위기를 묘하게 해치기도 해. 다른 할머니들이 질투를 한대. 어떤 할머니는 흰 가운을 입은 우리 남편을 좋아하기도 한대. 아침에 회진을 돌 때 사탕을 준비해뒀다가, 우리 남편이 보이면 얼굴에 홍조를 띠고는 수줍게 다가와서 주머니에 사탕을 넣어준대. 요즘에 우리 남편은 그 할머니가 보이면 멀리 돌아서 다른 길로 간다더라."

"잘해드리라고 해"라고 신애가 말해 모두들 한바탕 웃었다.

"죽음을 앞둔 환자의 경우 단순한 생명권보다 행복추구권이 우선시되어야 하잖니? 의미 없는 생명을 연장시키기 위한 의료 처치는 무의미하잖아."

"우리가 판단력이 있을 때, 생명 연장을 위해 아무런 조치도 하지 말라고 써놓아야 한다고 봐."

"우리 시아버지 편찮으실 때 어떤 분이 '나는 저렇게 안 살아야지! 차라리 약 먹고 확 죽어버리겠어'라고 하시던 분이 있었어. 그런데 우리 시아버지와 똑같이 몇 년 동안 의미 없는 삶을 살다가 돌아가셨잖아. 죽음도 우리가 마음대로 할 수 없는 거야."

"가족들을 괴롭히지 않고 아름답고 품위 있게 세상을 떠나야 할 텐데……, 그렇지 않니?"

"저기 걔 누구더라. 아, 희선이! 그 애 어머니도 병원에서 식물인간으로 십여 년을 계시다가 돌아가셨잖아."

"이제는 우리도 죽음을 선택할 권리가 있다고 봐. 죽음의 품위에 대해서도 논할 시점인 것 같아. 평소에 가족에게 이야기해놓아도 막상 부모님이 그렇게 되시면 최선을 다하겠다는 마음으로 중환자실 치료를 하게 되는 게 인간이잖아. 아직 우리 사회는 효와 불효의 경계선에서 갈등하는 경우도 많잖니?"

"일본에는 '존엄사 협회'라는 게 있대. 만약의 경우를 대비해서 '수개월에 걸쳐 식물인간 상태에 빠졌을 때에는 일절 생명 유지 조치를 하지 말아 달라' 등의 서명을 '존엄사 선언서'에 해놓는 거야."

"자신의 의지를 펼칠 수 있을 때에야 생의 의미가 있고, 지성도 자신의 몸에 걸치고 치장할 수 있을 때에야 지성이더라. 죽음의 문턱에서는 인간의 기본 욕구만 있고 지성 따윈 아무것도 아니더라."

"죽음 앞에서 무력한 인간이 신을 믿지 않을 수 있을까?"

"얘들아, 우울하다. 다른 얘기 하자." 신애가 채근했다.

많은 시간이 지나다 보니 우리의 기억들도 희미해지고 있었다.

"대학 2학년 때 경포대 바닷가에 갔었잖아. 그때 채림이 너 우리랑 같이 가지 않았지?" 신애가 물었다.

"얘는…… 너 그때 모자가 바람에 날아가 바닷물에 빠져서 여드름 많이 난 남학생이 가져다주지 않았니?" 채림이 기억을 되살려 말했다.

"오! 너도 같이 갔었구나!" 신애가 말했다. 모두들 기억의 퍼즐을 맞추며 즐거운 시간을 보냈다. 시간은 우리에게 기억도 주지만 기억을 앗아가기도 한다.

"얘들아, 너희들 차희 얘기 들었니? 언젠가 신문에 난 로비스트 있잖아. 걔가 차희래!" 신애가 빅뉴스라며 두 손을 모은 채 동그란 눈을 하고 전했다.

"차희! 어머, 그 여자가 차희라고? 사진 보면서도 전혀 몰랐어!" 승현이 놀라며 말했다.

"차희, 걔 학교 다닐 때도 좀 유별났잖아. 어딘가 튀지 않으면 못 배기는 애였잖아." 신애가 말했다.

다린은 너무 놀라 뭐라고 말할 수가 없었다. 인간의 운명이란 무엇인가? 다린은 남편과 스캔들 난 사람이 차희인 것을 알았다. 차희라는 것을 몰랐을 때엔 막연한 미움이 있었지만 알고 난 지금은 정신이 아뜩해지는 기분이었다.

'차희라고! 있을 수 없는 일이야. 정말, 정말로. 내가 어렸을 때 엄마는 무엇을 예감하신 걸까? 그때 엄마는 내 친구들이라면 모두 다 맛있는 식사와 차를 대접하셨어. 그러나 단 한 친구는 가까이 하는 걸 좋아하지 않으셨어. 바로 차희, 차희였잖아!' 다린은 너무 놀라서 온몸의 피가 다 빠져나가는 것 같았다.

차희는 중학교 때부터 친구였다. 하지만 다린에게 정겨운 친구는 아니었다. 타인이 잘되는 것을 그냥 보지 못하는 심술이 있었다. 어린 시절 차희는 어머니, 언니와 함께 조금 어려운 살림을 했다. 그러나 차희의 언니는 추운 겨울에도 하이힐을 신고 다녔고, 동네 아이들은 그것을 보고 놀려댔다. 다린은 그때 그 말뜻을 알지 못했다. 세월이 지난 후에야 그 말이 무엇인지를 알았다.

다린은 차희를 고등학교 졸업 후 만나지 못했다. 그녀가 대학교를 졸업한 뒤 국제결혼한 언니의 초청으로 온 식구와 함께 미국으로 갔다는 소식을 전해 들었다. 가끔 친구들로부터 차희의 소식을 전해 듣기는 했다. 그러나 세상을 시끄럽게 했던 그 로비스트가 차희인 줄은 몰랐다. 국제결혼을 해서 남편의 성을 쓰고 있었던 것이다.

20여 년이 지나 신문에 난 사진으로는 전혀 그녀를 알아볼 수 없었다.

* * *

다린은 침대 모서리에 웅크리고 누웠다. 가슴에 큰 구멍이 나 자신이 살았는지 죽었는지도 모를 만큼 슬펐다. 마치 자신이 시체 같았다. 금색 문고리에 자신의 모습이 조그맣게 비쳤다. 꿈이라면 깨어나고 싶었고, 현실이라면 저 열쇠 구멍 속으로 증발해버리고 싶었다.

주섬주섬 옷을 챙겨 입고 철진에게 갔다. 철진은 약속 장소에 이미 와 있었다. 그는 문으로 들어서는 다린을 근심스런 눈빛으로 쳐다보았다. 그를 보자 다린의 눈에 눈물이 맺혔다.

철진의 옆자리에 앉은 다린은 철진의 어깨에 기대어 한참을 울었다. 철진은 말없이 다린의 머리를 쓰다듬어주었다. 사려 깊은 철진은 그 이유를 묻지 않았다.

얼마만큼의 시간이 흘렀을까. 철진이 다린의 얼굴을 쓰다듬으며 입술에 가벼운 키스를 했다. 다린은 계속해서 오랜 시간을 철진에게 기대어 있었다. 무엇인가 보상을 받은 듯 편안했다. 철진은 말없이 다린의 머리카락을 가만히 쓸어내렸다.

철진과 다린은 노을이 아름다운 서해 바다를 바라보고 있었다. 갈매기 몇 마리가 고요히 상승기류를 타고 날다가 모래사장에 내리기도 하고 물 위에 앉기도 했다. 바람을 따라 흐르듯 날고 있는 새를 보던 다린은 그것이 곧 자유가 아닌가 생각했다. 때로는 서해 바다보다 몸을 뒤채는 맑은 파도가 있는 동해 바다가 좋았다. 서해 바다의 고요한 물결은 지루한 삶과도 같이 느껴졌다. 저 멀리 부표 위 하얀 깃발이 슬픔처럼 펄럭거렸다. 깃발이 펄럭이는 것이 한때는 자유로워 보인다고 생각했다. 그러나 깃대에 매달려 있다는 것이 막막한 슬픔으로 다가왔다.

철진의 조용하고 환한 이마가 다린의 마음을 화사하게 했다.

"저기 바위가 있는 곳까지 걷자." 철진이 말했다. 다린은 철진과 나란히 어깨를 맞대고 걸어갔다.

철진이 물었다. "자유가 뭐라고 생각해?" 어릴 적에 많이 꾸었던 꿈이 생각났다.

"난 어렸을 때 하늘을 나는 꿈을 많이 꾸었어. 양팔을 벌려 느리게 위아래로 흔들면 맑디맑은 물 위를 날고 푸른 들판 위를 날고, 산과 산 사이도 자유롭게 날 수 있었어. 그게 자유일 것 같아. 온몸과 마음으로 어느 것에도 구애받지 않고 마음껏 나는 것, 새처럼 자유롭게 나는 것, 그게 자유라고 생각해." 그리고 또다시 말을 이었다. "그러나 지금 나는 자유롭지 않아. 기쁨, 걱정, 어떤 것에 대한 두려움, 때로 안개같이 마음을 휘감아 도는 의문부호들이 나를 구속하고 있거든."

"그래, 그대는 자신의 감정을 해방시키지 않고 늘 통제하지. 신이 자유롭기 때문에 인간도 자유로운 것일 거야. 남자는 옛 여인을 절대 못 잊지. 나는 그대를 잊은 적이 없어. 우리가 이렇게 다시 만난 것도 하나의 필연이겠지."

다린은 철진의 얘기를 들으며 '새들은 뼈가 비어 있어 저렇듯 가볍게 날 수 있으리라. 나도 모든 의문들을 다 지우고 나면 저 새처럼 가벼워지겠지'라는 생각을 했다.

세월이 흐르고 많은 기억들이 사라졌어도 철진은 그 시절의 철진 그대로였다. 다린은 사랑도 어떤 죄책감이나 두려움이 없어야 한다고 믿었다.

철진이 말했다. "저무는 태양을 봐. 나는 석양을 보면 인생의 종말을 보는 것 같아 마음이 아파. 생은 뜨겁게 살아야 할 것 같아."

"나는 석양을 보면 슬프기만 하지는 않아. 저토록 아름답게 지는 태양을 보면 우리 인생의 마지막 순간까지도 아름답고 싶어." 다린이 말하자, 철진이 다린의 어깨를 살짝 안으며 웃음 지어 보였다.

철진은 차 안에서 잠이 들었다. 다린은 살며시 바닷가로 나왔다.

모래가 시작되는 해안가 끝자락에 커다랗고 빨간 태양이 빛나고 있었다. 하늘 위 붉은 태양은 바닷물을 온통 빨갛게 물들였다. 바다 끝자락에 또 하나의 태양이 비치고 있었다. 태양이 둘이었다. 하늘의 태양과 물속의 태양. 하지만 우리는 두 개의 태양을 가지지 못한다. 두 개의 태양은 갈등을 일으키니까.

* * *

다린의 남편과 차희는 뉴욕에 있는 호텔의 침대 위에 누워 있었다.

"당신은 멋진 남자야, 나의 사랑. 이 잘생긴 얼굴, 조각처럼 오뚝한 코, 앙다문 입술, 그리고 당신의 힘. 텔레비전에서 볼 때와 지금의 당신 얼굴은 너무 달라. 사람은 이중적인 동물인 게야."

누군가가 보고 있을 때 우리는 그들의 눈에 맞추어 행동을 한다. 텔레비전에 나온다면 더더욱 진실된 얼굴을 보일 수 없다. 국회의원들이 화재나 물난리가 난 곳에서 검지를 치켜들고 어느한 곳을 가리키며 심각한 얼굴로 한참 동안 기다리는 것은, 사진을 찍어 대중들에게 보이기 위한 제스처일 뿐 진실이 아니다.

차희가 남편을 한껏 치켜 올리고 칭찬만 늘어놓는 것은 그녀가 어떤 책임이나 의무가 주어지지 않은 삶을 살기 때문이다. 차희는 가정 따위를 생각할 필요가 없다. 오랫동안 함께 살 의무가 없기 때문이다. 따라서 그녀는 욕망을 충족하기 위해서라면 어느 누구와도 잠자리를 할 수 있었다.

차희가 침대에서 일어나 벗은 채로 샤워실로 갔다. 샤워실은 훤히 들여다보이는 유리로 되어 있어 침대에서도 그 안을 볼 수 있었다.

차희를 쳐다보던 다린의 남편은 다린의 얼굴을 떠올렸다. 뉴욕에서 회의가 있다고 말했을 때 다린의 얼굴에 떠올랐던 표정. 그는 오랫동안 수차례에 걸쳐 거짓 세미나와 급조된 회의를 핑계 삼아 얘기해왔다. 그러나 이번에 다린에게 뉴욕 출장 이야기를 꺼냈을 때 다린의 표정은 담담하다 못해 냉기가 돌았다.

거짓 출장을 하면서 다린의 남편은 차희와 뉴욕 거리를 걷다가도, 쇼핑을 하다가도 문득문득 다린의 얼굴이 떠올랐다. 그동안 차희를 만날 때에는 비밀이라는 데서 해방감을 느꼈다. 그는 달콤한 거짓말을 즐기고 있었다. 차희가 진실이라고는 담겨 있지 않은 허풍스런 칭찬을 할 때에도 너털웃음을 내뱉으며 자신을 구속하지 않는 사적인 공간의 시간들을 즐겼다. 무게라고는 느낄 수 없는 가벼운 바람과도 같은 시간이 좋았다.

다린의 남편은 지금까지 겪어왔던 것과는 다른 다린의 대응 방식에 당혹감을 느꼈다. 아내는 느끼고 있었다. 누군가의 시선을. 지금의 뉴욕 출장이 거짓이라는 것을. 다린은 이미 알고 있었다. 남편이 거짓말한다는 것을. 하지만 캐묻지 않았다. 중학교 때 칠판에 썼던 '진실'이라는 글자가 생각났다. 다린은 그를 사랑하는가?

남편은 샤워 중인 차희를 쳐다보았다. 투명하게 보이는 샤워실에서도 저렇듯 자유로울 수 있다니. 20대의 아름다운 몸매도 아닌데 거침없이 행동할 수 있다니. 누군가를 의식하지 않고 배려하지도 않는 철저한 자의식은 어디서 오는 것일까? 자신의 이익을 위해 어느 남자의 품도 마다하지 않는 저 여자의 욕망의 끝은 어디일까? 차희는 따뜻한 가정을 생각할 필요가 없었다. 〈홈 스위트 홈〉을 부르며 아릿한 슬픔을 느낄 필요도 없었다. 욕망을 채우기 위해, 가지고 싶은 것을 가지기 위해 지금 머물고 있는 이 공간과 시간에 충실하면 되었다.

한편, 샤워실에서 차희는 침대 위의 남자를 생각하며 머리를 감았다. '저 남자를 소유하고 싶은 생각이 들지 않는 것은 왜일까? 도대체 무엇 때문일까?' 처음 그녀가 남자를 만났을 때에는 한 남자에게 정착하고 싶었던 아주 짧은 순간이 있었다. 사랑 때문에 고통 받고 또다시 사랑을 갈구하고 그것 때문에 슬퍼해야 되는 것이 싫었다. 성스러운 책임과 의무를 다하기 위해 노력하는 것은 헛되고 헛되게 느껴졌다. 그를 온전히 소유하고 싶지 않았다. 사랑이 제 자신을 완전히 채워주지는 못했으니까.

차희는 대학 시절 가난하다는 이유로 집안의 반대가 심해 사랑하던 사람과 헤어졌다. 그 후 지방의 재력 있는 남자와 사랑을 했다. 한국을 떠나 미국에서 그 남자를 만난 지 2년이 지났을 때 변호사가 찾아와 수표를 건네주었다. 모멸감이 느껴졌다.

남자들은 하나같이 명백하게 무언가를 내세우지 않고 너무나 많은 것들을 주겠다고 약속했다. 차희는 알았다. 그 약속에는 보장이 없다는 것을.

중학교 시절이었다. 다린이 차희 집에 갔을 때 차희 어머니는 민망스런 속옷 차림으로 집 안을 돌아다니셨다. 다린은 의아해 했지만, 차희는 아무렇지도 않게 받아들였다. 당연한 것이었다. 그녀의 어머니는 젊음과 고운 자태를 던져버리고, 주어진 환경에 맞춰 저돌적인 태도로 삶을 이끌어가고 있었다. 거침없이 행동하고 주어진 환경을 이용할 줄 아는 어머니의 모습은 차희에게도 영향을 미쳤다.

차희는 첫 번째 결혼한 남자가 로비스트였다. 한국의 국방 프로젝트 응찰 업체에서 일을 했다. 남편이 살아 있을 때 그녀는 일을 하지 않았다. 하지만 남편이 젊은 나이에 암으로 죽자 그녀가 대신 로비스트로 일하게 되었다. 한국에서는 로비스트가 불법이었다. 따라서 호텔방에서 몰래 만날 수밖에 없었고, 협상력을 높이기 위해 고위 인사들과 사적인 친분을 맺으면서 무기 도입 로비 활동을 했다. 처음에는 차희도 자신의 성적 매력을 내세우며 일하지 않았다. 그러나 사회는 여성을 육체와 함께 고유한 인격체로 대하지 않았다. 차츰 성공하고자 하는 욕구가 강해졌고, 성공을 위해서라면 어떤 일이든 할 수 있다는 결심이 섰다.

차희는 자기 연민에 빠지지 않았다. 사랑했던 사람이 떠났고, 떠난 사람을 그리워하거나 그것 때문에 고통스러워하는 것은 생의 낭비라고 생각했다. 우울한 분위기에 빠져드는 것을 극도로 싫어했다.

예상치 못한 상실의 아픔을 겪으며 차희는 자신을 보호하기 위한 충격 완화 지대를 만들었다. 그리고 무의식 속에서 보호 지대를 지키기 위해 타인을 이해하거나 공감하기보다는 자신을 우선시하고 소중히 여기는 사람이 되었다.

* * *

다린은 그리스 여행길에서 사온 아폴론상을 무심히 바라보았다. 오래도록 바라보고 있으면 태양에 강렬한 의지를 가졌던 때를 느낄 수 있었다. 태양의 신이며 예언의 신이었던 아폴론. 네 마리 말이 끄는 전차를 몰고 매일 하늘을 가로지르던 태양의 신. 아폴론은 질서, 합리성, 지적 조화, 명료성의 신으로 아폴론이 있는 곳에는 어둠이 있을 수 없었다.

해바라기의 전설을 흥미롭게 들었던 기억이 떠올랐다.

아주 옛날 엄격한 바다의 신에게는 두 딸이 있었다. 신화의 주인공은 물의 님프인 클리티아였다. 클리티아와 레우코토에는 해가 진 후부터 동이 트기 전까지 연못가에서 놀도록 허락을 받았다. 그러던 어느 날 그만 태양의 신 아폴론이 빛을 발하는 시간까지 놀게 되었다. 이제껏 한 번도 보지 못했던 황홀한 광경이었다. 아폴론의 환심을 독차지하기 위해, 언니는 아버지에게 동생이 규율을 어겼다고 거짓으로 고했다. 화가 난 아버지는 동생을 가둬버렸다. 이제 아폴론의 관심을 독차지할 수 있으리라 믿었지만, 아폴론은 언니를 거들떠보지도 않았다. 몇 날 며칠을 선 채로 그의 사랑을 애원하던 클리티아는 결국 땅에 발이 뿌리를 내려 한 포기의 해바라기로 변했다는 전설이다. 다린도 해바라기였다. 한없이 태양을 바라보며 기다리고 있었다. 대체 무엇을 기다리는 것일까?

여행하는 동안 잊었던 걸까? 집을 떠나 있어서였을까? 남편에 대한 사랑의 연민과 미움이 덜했던 이유는?

며칠 전 다린은 남편에게 차희에 대해 물었다. 안 사장이 소개해줘서 국회의원 여러 명이 함께 있을 때 잠시 보았다고 했다. 하지만 그 정도 가지고 언론에서 이름을 거론하지는 않았을 것이다. 다린은 알고 있었다. 누군가를 의식하며 사는 것은 행복할 수 없다. 믿을 수도 안 믿을 수도 없는 애매함이 다린을 괴롭혔다.

세상에는 여러 종류의 여자가 있다. 교활한 여자, 성경을 읽는 여자, 이기적인 여자, 남을 위하는 여자, 타인을 해하는 여자, 심성이 고운 여자, 지적인 여자, 기질이 센 여자……. 그들이 어떤 환경에서 살아왔고 어느 정도의 지적 능력을 갖추었으며 어떤 취미를 가졌고 무엇을 원하느냐에 따라 사람들은 제각기 다르기 마련이다.

중학교 때 차희는 여러 명의 친구들과 함께 다린의 집에 놀러 온 적이 있다. 차희는 손에 든 쿠키 외에도 꼭 먹고 싶어 하는 과자가 있었다. 그때 차희는 침을 뱉으며 그 쿠키를 다른 사람이 먹지 못하게 했다. 물론 가벼운 장난도 섞였겠지만 남을 배려한다고 볼 수는 없었다.

다린은 베란다의 마로니에 나무 그늘 아래 놓여 있는 흰 탁자에 앉았다. 하늘을 올려다보았다. 나뭇잎 사이로 흰 빛이 쏟아져 내려 부드럽고 따사롭게 느껴졌다. 마로니에 나무 아래에 앉으면 나무 그늘이 주위를 감싸 아늑함이 느껴졌다. 마치 엄마 품에 안긴 것처럼 포근했다. 다린은 커피 한 잔과 쿠키 몇 조각을 놓고 저 멀리 앞산을 바라보았다. 앞산에 아카시아 꽃이 한창이었다. 아카시아 꽃의 향기가 달콤하게 났다.

대학 시절 철진과 함께 걸었던 아카시아 꽃길. 가위 바위 보를 해 이긴 사람이 아카시아 잎을 하나씩 따며 즐거워했던 길. 아카시아가 꽃을 피우면 철진이 이따금 생각났다.

철진을 생각하면 같이 떠오르는 것은 사르트르와 보부아르, 브람스, 모차르트, 안개, 아카시아, 프렌치토스트, 찹쌀떡, 그리고 무엇보다도 여러 종류의 새들이었다.

때로 다린의 가슴에 칼바람이 불면 철진이 떠올랐다. 아니, 떠올렸는지도 모른다. 그의 미소와 부드러운 음성, 그리고 다린을 웃음 짓게 했던 그의 위트.

철진은 브람스의 〈운명의 여신의 노래〉를 좋아했다. 그리스 신화의 이피게네이아가 타우리스 섬에 유배되어 자신의 운명을 탄식하는 모놀로그 〈운명의 여신〉에 곡을 붙인 합창곡. 인간을 무력하게 하는 신의 무자비함을 노래하는 이 곡은 다린도 오랫동안 좋아했었다.

다린은 거실로 들어가 〈운명의 여신의 노래〉를 틀어놓고 창문을 열었다.

인간의 자손들이여
신들을 두려워하라
신들은 영원한 손에
지배권을 쥐고 있고

기분 내키는 대로
휘두를 수 있으니

인간을 늘 높여주는
신들을 더욱 두려워하라!
높은 바위와 구름 위

황금 탁자 주위로
의자들이 마련되어 있다.

불화가 일어나면
손님들은 치욕스럽게
굴욕적으로 밤의 어둠 속으로
떨어져 내려가
암흑 속에 묶인 채
공정한 재판을
헛되이 기다린다.

그러나 신들은 그곳
영원한 축제가 벌어지는
황금 탁자에 머물러 있지.
그들은 산꼭대기에서
산꼭대기로 걸어 다닌다.

심연 속에서
질식한 타이탄들의
입김이 피어올라
제물의 향처럼

옅은 구름을 이룬다.

지배자들은 그들의
자비로운 눈을
모든 인종에게 돌리고
예전에 사랑하던 자들의
손자에게 나타난
조용히 호소하는 표정을
보지 않으려 하는구나

여신들은 또 노래했지
내쫓긴 자들은
어두운 지옥 속에서

노래에 귀를 기울이며
자식과 손자들을 생각하고
머리를 흔든다고.

  수십 년 만에 만난 동생과 함께 은인인 타우리스의 토아스 왕
을 속이고 탈출해야 하는 이피게네이아의 복잡한 심정을 독백하
고 있다.

인간의 고뇌는 피할 수 없는 것일까?

다린은 〈운명의 여신의 노래〉를 몇 번이나 되풀이해서 들었다.

* * *

다린은 철진을 만난 뒤부터 깊숙이 감추어져 있던 감정, 그 강렬한 감정이 되살아나고 있었다. 20대의 희망이 가득 찬 존재가 되고 싶었다. 뜨거운 열정의 소유자가 되고 싶었다.

그러나 한편 자신에 대한 인식의 시간이 많아졌다.

그동안 열정 없이 삶을 살지는 않았다는 것을 알았다. 하지만 무엇인가를 마음속 깊은 곳에서 갈망하고 있다는 뚜렷한 사실이 다린을 당황하게 했다.

'왜 나는 그를 갈망하는가? 놀라움의 빛에 이토록 당혹감을 느끼는가? 왜 이러한 상황에 놓이게 되었는가?'

우리는 때로 자신의 의지와는 관계없이 어떤 세계 안에 발을 들이게 된다. 이성적인 인간이라는 것은 인간이 세계를 '이성의 틀'로 보고 행동하는 것을 말한다. 세상에서 일어나는 어떤 일이든 일어날 만한 이유가 있어 일어나는 것인지도 모른다.

친구들과 농담으로 주고받던 사소한 일들이 지금 자기 앞에서 거대한 입을 벌리고 그곳으로 들어오라고 손짓하고 있는 것 같았다.

다린은 푸르른 새잎들이 가득한 정원을 거닐었다. 커다란 바위 옆에 보랏빛 라일락꽃이 피어 그 향기를 은은하게 풍겼다.

5월의 어느 날이었다. 다린과 철진 그리고 몇몇 친구들은 교정의 잔디에 앉아 이런저런 이야기를 하고 있었다. 한 친구가 일어서더니 라일락 꽃잎을 따서 씹어보라고 했다. 철진이 잎을 따서 입 안에 넣고 조심스럽게 씹었다. 얼굴을 찡그리며 쓰다고 하자 그 친구는 그게 "첫사랑 맛이란다, 인마"라고 말했다. 그날의 따사로웠던 햇빛이 지금 다린을 감싸고 있는 것 같았다. 다린은 오랫동안 라일락꽃을 바라보며 꽃향기에 취해 있었다. 생명의 충만함을 조용히 느끼고 있었다.

* * *

부산에서 세미나가 있었다. 바다를 보고 온천욕을 하며 쉬고 싶었다. 다린은 세미나에 참석하기로 했다.

부산에 올 때마다 공항에서 호텔로 가는 길에 화물차가 너무 많다고 생각했다. 큰 차체가 앞뒤와 양 옆의 시선을 차단하는 것이 싫었다.

도착하자마자 다린은 호텔 내의 야외 수영장으로 갔다. 배영을 하며 바라보는 하늘, 구름, 날아가는 새, 소리 없이 어디론가 향하는 비행기들, 그리고 수영장 끝에 닿으면 거꾸로 보이는 나뭇가지들······. 다린은 자유로움을 한껏 만끽했다. 물 위에서 하늘을 바라보며 가만히 떠 있는 순간 느끼는 정적과 고요, 그리고 나. 이 시간이 너무나 소중했다.

마음 내키는 대로 무엇이든 할 수 있다는 것은 얼마나 큰 기쁨을 주는가.

다린은 스포츠센터의 수영장에서 복장도 마음도 편안하게 하고 자유롭게 다녔다.

그곳에서는 누군가의 엄마도, 아내도, 며느리도, 교수도 아닌 익명의 자유인이었다.

수영하는 사람이 없어 수영장 수면이 고요한 날도 있었다. 그러면 다린은 고요 속의 감미로운 고독을 가만히 내려다보기도 했다. 스타트를 하고 물속으로 잠수해 들어가면 하늘색 타일 바닥에 그려진 짙은 감청색 곧은 라인을 따라갔다. 그곳에서는 일직선도 딱딱하지 않고 매끄럽고 자유로웠다.

그러던 어느 날 우연히 오랫동안 만나지 않았던 친구를 만났다. 사교성 좋은 그 친구는 헬스장에서도 아는 사람이 많았다. 그녀는 다린을 많은 사람들에게 소개해주었다. 그 후 헬스장에 오면 많은 시선을 느끼게 되었다. 아는 사람들과 인사도 해야 하고, 가끔은 짧은 대화도 나누어야 했다. 수영장 물속으로 들어가기까지 기존의 자유를 느낄 수 없었다.

사람들은 타인의 시선으로부터 자유로울 수 없다. 타인을 의식하지 않는 곳에서야 비로소 자유로울 수 있다.

　다린은 익명의 자유를 느끼던 그날들에 대해 강렬한 향수를 느끼곤 했다.

　다린은 수영을 끝내고 호텔 방으로 갔다. 호텔방에서 입었던 가운을 벗고서 실오라기 하나 걸치지 않고 바다를 향해 두 팔을 벌리고 서 있었다. 호텔방에서 바라보는 아득한 바다. 수평선과 하늘이 맞닿아 있는 고요한 바다. 심호흡을 했다. 은빛 물결로 반짝이는 바다와 다린이 하나 된 듯했다. 어느 누구의 방해도 받지 않고 온전히 자신과 마주할 수 있었다.

　다린은 다른 사람이 아니라 자기 자신에 의하여 자유로웠다. 다린의 의식 공간에는 빛이 가득하였다. 행복의 문이 활짝 열려 있어 끊임없이 빛이 몰려들었다. 자신의 존재를 온전히 새롭게 느끼고 있었다.

　다린은 '저 자유로운 공간 속에서 나 자신을 마음대로 다루고, 나 자신을 결정하고, 나 자신을 펼쳐 가야만 한다. 나는 나 자신으로부터 회피할 수 없는 존재다'라는 생각을 했다.

　마음속 깊은 바다의 심연에 닿고 싶었다. 그 심연의 밑바닥에 닿으면 인간의 명예욕, 재물욕, 식욕, 수면욕, 색욕의 오욕과 희(喜), 노(怒), 애(哀), 락(樂), 애(愛), 오(惡) 욕(慾)의 칠정을 벗어날 수 있을지 궁금했다. 알고 싶었다. 바다는 저렇듯 바다인 채로 반짝이는데…….

다린은 가운을 걸치고 베란다에 나갔다. 모래사장 위의 사람들
이 자그마하게 보였다. 작디작은 왜소한 존재. 신이 우리를 바라
본다면 우리의 존재는 얼마만큼이나 작을까?

다린은 혜빈이 자신을 가장 잘 이해하고 자신 또한 잘 이해할
수 있는 친구였다는 사실이 새삼 떠올랐다. 친구들 몇몇이나 동
료들 몇몇이서 여행을 하거나 모임을 가지고 아무리 웃고 떠들
어도 채워지지 않는 그 무엇이 있었다. 만남을 가졌던 모든 사람
들과 자신은 아무런 공통점이 없다는 기이한 느낌이 들 때가 많
았다. 날이 갈수록 혜빈이 더욱 생각났다. '아' 하고 말하면 '어'
하고 받아들일 수 있는 사람이 그리웠다. 하지만 우리 생에서는
영혼을 함께할 수 있는 사람을 찾기가 어려웠다.

철진과의 순수했던 그때의 순간이 지금 하나의 만남으로 이어
지는 것은 아니었다. 철진과 비슷한 내면이 있어 그에게 끌린다
는 것을 다린은 잘 알고 있었다. 그의 내부에 존재하는 풍부한 정
서가 순수하게 다가왔다. 그러나 그것만이 아니었다. 그의 개방
되고 해방된 정서는 다린이 같이할 수 없었다. 철진은 아직 고뇌
하고 있었다. 눈부신 햇빛을 바라볼 줄 알고, 티 없는 창공의 밝
음과 비 내리는 하늘의 슬픔도 알았다.

바다를 바라보며 한없이 자유롭던 다린은 철진을 생각하자 더
없이 우울해졌다. 다린과 철진에게는 몸과 마음이 넘어야 할 무

수한 경계가 있었다.

다린의 이성이 뜨거운 가슴을 식히고 있었다. 다린은 제 자신에게 부끄럽다는 생각이 들었다.

"나는 누구인가? 나는 왜 내 안의 열정을 숨기고 있는 것인가?" 문득 자신 속에 있는 또 다른 존재가 두려웠다. 다른 영혼이 자신을 세차게 흔드는 것 같았다.

인간의 비극은 이성과 감성이 공존한다는 것이다. 이성은 합리적이고 신념이나 자율적 행동에 대해 논리적으로 생각하고 강하게 긍정하는 힘이 있다. 그러나 감성은 열정적이고 본능적이며 맹목적이어서 자연의 법칙과 필요에 의해 순간적으로 행동하거나 판단하고, 우리의 의지와 일치하지 않는 지점에 다다르게도 한다. 예정되지 않은 영역에서 우리가 해야 하는 것과 하지 말아야 하는 것 사이에서 갈등을 조성하는 것이다. 감성은 이성에 의해 억제될 수도 있다. 그렇기에 이성과 감성이 공존하는 것이 인간의 비극인 것이다.

모든 자유는 일시적이다. 자기 자신의 속박이나 인식에서 잠시 벗어난다 하더라도 그것은 잠시, 창과 창 사이의 틈에서만 자유로울 뿐 영원하지는 않다. 창을 벗어나면 우리의 인식, 생각과 행동은 또다시 어느 한 지점에 다다르기까지 무수한 인고의 시간을 바쳐야 잠깐의 자유에 다다르게 된다. 자유는 잠시 머무를 때뿐이다. 기존의 관습과 인습, 자신의 인생관, 선행된 지식으로부터 우리는 자유롭지 못하다. 그것들로부터 벗어나기 위해서는 무한의 자유가 필요할지도 모른다. 무한의 자유는 인간 존재의 비극성을 내포하고 있다.

다린이 "내 사랑의 대상이 그대가 아니었으면 사랑하지 않았을 거야. 사랑을 위한 나의 사랑은 아니었어"라고 말하자 철진은 "나는 너에게 크나큰 사랑을 원한 게 아니었어. 사랑 그 자체를 통해 너에게 사랑 본연의 모습을 보게 하고 싶었을 뿐이야. 우리 인생은 유한한 것들의 순간으로 아름다운 것일 뿐이니까"라고 말했다.

* * *

다린과 철진은 두 번 다시는 없을 뜨거운 정열로 사랑을 나누었다. 철진은 다린의 육체 위에서 둘이 하나 된다는 것이 황홀한 듯 눈을 감고 미친 듯 사랑을 했다. 다린 또한 무한한 자유의 공간에 놓여 있는 것 같았다. 아무것도 존재하지 않고 오로지 두 사람만이 이 텅 빈 세상에서 행복한 존재가 되어 사랑을 나누고 있었다. 다린은 철진과 하나 된다는 것에 더욱 흥분되었다. 철진은 다린을 소중하게 다루었다. 그의 따사로운 손길을 느끼며 세상에 태어난 존재 이유를 알 것 같았다. 한순간 영원한 세계의 문이 활짝 열렸다. 다린은 철진의 어깨를 감싸 안으며 가슴 밑바닥에

서 작은 슬픔을 느꼈다.

다린이 "우리 용서받을 수 있을까?" 하고 물었다.

"그래, 우린 버림받으면서 구원받을 수 있겠지."

"인간이 인간을 구원할 수 있을까?"

오랫동안 침묵이 흘렀다.

"나는 네가 스스로 결정하기를 기다릴게. 세상에 아무것도 없는 '무'는 존재하지 않을지도 몰라. 없어지는 것이 아니라 변하는 것일 뿐. 당신에게 미안하다는 말은 하지 않겠어. 너 자신을 위한 길을 선택해."

다린은 추위를 느꼈다. 잠에서 깨어났다. 꿈이었다. 공허감이 스멀스멀 밀려왔다. 이불을 당겨 덮으며 천장을 바라보고 반듯이 누웠다. 닫힌 커튼 사이로 빛이 새어들어 천장에 옅은 푸른색 반사광을 길게 늘어뜨렸다. 그 빛이 따사로웠다. 철진의 사랑이 부드럽고 아득했다. 오랫동안 느껴보지 못한 생명의 충만감이 다린을 어둠의 동굴에서 밝은 세상으로 이끌어내고 있었다. 불과 같은 사랑의 고통이 다린의 몸을 스쳐 지나갔다. 철진이 사랑을 요구하는 말들을 할 때마다 다린은 고통스러웠다. 그에게 아무것도 응답할 수 없어 미안했다. 육체의 합일에서 새로운 세계를 열고도 싶었다. 새 하늘 밑에서 온전히 새로운 존재로 다시 태어나고도 싶었다. 어둠이 내리면 모든 차들이 헤드라이트를 켜고 제 앞만 밝히며 달리지만, 철진의 사랑은 넓은 땅을 하늘 위에서 내려 비추는 달빛과도 같았다. 별 무리를 아우르며 빛나는 달빛이었다. 다린에게 흘러들어 온 세상을 은은하게 비추는 달빛의 사랑이었다. 다린의 눈가에 촉촉한 물기가 고였다. '하느님은 몸을 주시고도 왜 자유롭지 않게 하시는지…….' 두 손으로 얼굴을 가리고 울음을 터트렸다. 슬픔을 속으로 삭이던 다린의 눈물샘이 강을 이루듯, 자제할 수 없을 정도로 눈물이 하염없이 볼을 타고 흘러내렸다. 다린은 목 놓아 울었다. 자신이 꽤 냉정하고 이성적인 인간이라 믿었다. 그러나 예기치 못한 운명 앞에서 두려움과 죄의식에 떨고 있는 고통스러운 영혼이었다.

제대로 잠을 자지도 못한 채 다린은 새벽의 여명 속에서 세미나장을 향했다. '죄'라는 단어가 자신을 이끄는 것 같았다. 다린의 머릿속을 꽉 채우고 있었다. 슬프고 비참하고 불행한 모든 단어들이 자신의 주위를 감싸고 있었다. 차에서 내려 낯선 도시를 무작정 걸었다. 아직 깨어나지 않은 도시는 적막했다. 자면서 꾸는 꿈과 불행한 기억 사이에서 자신이 진정으로 꿈꾸는 것은 무엇인지를 다시금 생각하며 길을 걷고 또 걸었다. 푸른 새벽의 여명이 다린을 기도하게 했다. 신에게 무엇인가를 갈구하듯이 다린 자신이 되게 해달라고 기원했다.

세미나는 아침부터 시작되었다.

우리나라에 체류 중인 외국인은 이제 백만 명을 넘어섰고, 우리나라도 이미 다민족, 다문화 사회로 변화하고 있다. 문제시되는 사회문제 중 하나인 이주민 여성과 그 자녀들의 문제점과 정부 대책에 대한 세미나였다.

한국 남성과 결혼한 이주민 여성이 증가하고 있고, 농촌에서는 결혼한 여성 중 3분의 1이 이주민 여성이라고 한다. 한국 남성과 결혼한 이주민 여성은 2000년 7천3백여 명에서 2005년 3만 1천여 명으로 5년 사이 5배나 증가했다. 한국인 아버지와 아시아인 어머니 사이에서 태어난 아이, 즉 코시안은 전체 한국 아동의 0.5퍼센트에 불과하지만 2020년경에는 30퍼센트까지 확대될 것이라 예상하고 있다. 펄 벅 재단에 의하면 한국에 약 3만 명의 코시안 아동들이 있다고 한다. 이주민 여성들과 그들 자녀의 현황을 살펴보고 한국 사회에 적응하는 데 실패하는 이유와 그들의 사회화를 돕기 위한 정부의 정책에 대한 세미나였다.

세미나 자리에는 현아도 참석해 있었다. 다린은 현아와 같이 서울로 가기 위해 공항으로 향했다.

"우리나라는 단일민족의 신화성이 강하게 자리 잡고 있어서 다인종 국가로 인정하기 쉽지 않을 것 같아."

다린이 말하자 "'현대 한국 사회의 다인종적 성격을 인정하고 인종차별 금지법을 제정하라'고 유엔 인종차별 철폐 위원회에서 권고하고 있잖니. 그런데 우리나라에서는 앞으로 오랫동안 논의될 것 같아"라고 현아가 말했다.

"한국에서도 가장 보수적이라 할 수 있는 농촌에서 국제결혼이 많아지면서 순수 혈통이라는 단어가 의미 없어지는 것 같아. 혈통을 따지는 시대가 지나가고 있어. 이제 '혼혈'이라는 표현은 삼가야 할 것 같아."

"다린아." 현아가 조심스럽게 다린을 불렀다. 더듬거리듯 "너 요즘 별일 없지?" 하고 물었다.

"얘, 너 가끔 학교에서 보면 무엇인가 골똘히 생각하는 것 같아."

"행복의 의미가 뭐니? 난 가끔 유리잔을 바라보면 그것처럼 깨지기 쉬운 거라는 생각을 하곤 해. 거짓으로 흐려지고 말 행복이라면 미래를 꿈꿀 수 없잖니. 유리잔처럼 투명하고 싶어. 그리고 유리잔처럼 깨지지 않기 위해 노력하는 시간이 때로는 잔인하게 느껴져."

다린과 현아는 택시를 타고 광안대교의 길고 긴 다리 위를 지났다.

어둠이 내린 바다. 사방이 캄캄했다. 다리 위 가로등이 생의 길을 희미하게 밝히는 것 같았다. 불빛 아래 외로움이 짙었다. 가로등 불빛이 부서져 내리고 있었다. 그 희미한 은빛 다리 위를 택시는 달렸다.

"현아야, 우린 언제쯤 무위의 시간에 다다를까?"

"아휴, 그러게 말이야. 나도 요즈음 성당에 나가지 않고 교회에 나간단다. 무엇으로도 채워지지 않는 것이 때로 가슴을 답답하게 해. 나를 알아보지 못하는 곳에서 성경 공부만 하고 오지."

"그래, 우린 아무도 모르는 곳에서 자유를 느끼기도 하지, 그렇지? 누구의 아내, 누구의 딸, 누구의 엄마, 누구의 며느리, 그리고 나 자신…… 끊임없이 다시 시작되고, 살아가야 하고…… 살아내야 하고……. 행복을 느끼는 것은 돈이나 명예와 상관없는 것 아니니. 그럼 우리가 자신의 욕망을 버리지 못해 즐거움을 느끼지 못하는 걸까?"

"평온하게 사는 내 친구들을 바라보면 부럽기도 해."

"우리가 험난한 길을 선택한 걸까? 아니면 힘든 길을 선택하도록 태어난 걸까? ……인간의 타고난 본성이 있는 것 같아."

어느 해 봄날 진달래가 활짝 핀 교정을 다린과 현아는 같이 걸었다. 대학원 동기이며 같이 강의를 하고 있었다. 다린보다 먼저 결혼한 현아는 아이가 둘이었다.

"우리 논문 쓸 때 마거릿 미드의 생애에 관심 많이 가졌잖니?" 인류학을 전공한 현아가 말했다. "말짱 꽝이다." 현아의 말에 다린과 현아는 배꼽을 쥐고 한참을 웃었다.

뉴기니, 사모아, 마누스, 오마하 인디언, 발리 등 현지 조사를 통해 사회의 중요한 문제들을 쟁점화해가는 마거릿 미드의 열정적인 신념을 부러워했다. 여자로서, 그리고 인류학자로서 후회 없는 삶을 살다 간 마거릿 미드를 동경했다. 마거릿 미드의 핵심적인 질문은 '왜 우리는 지금 살고 있는가?' 였다.

다린이 "얘, 그 시대에 정해진 시간에 수유하지 않고 보챌 때 수유를 해도 된다는 것을 입증하기 위해 자신의 딸 캐서린 베이트슨을 대상으로 실험을 했잖니? 바람직한 습관들을 널리 알려 사회를 개선해 나가려 했잖아. 이제는 가부장제의 시대적 상황에서 벗어나고 우리 여성들에게도 선택의 폭이 넓어졌다고 하지만, 현실은 남자와 여자로 범주화되어 남성과 여성이 많은 것을 공유하긴 하지만, 어느 지점에서는 화해하기 힘든 다른 세계를 꿈꾸는 것 같지 않니?"라고 말하자, 현아는 "결혼 후 정신적 건강은 하향 곡선을 그린다, 얘"라고 말했다. 둘은 마주 보며 씁쓸한 미소를 지었다.

다린은 여름방학 기간에 첫아이를 낳았다. 강의를 쉬지 않아도 되었다. 해가 갈수록 이것도 저것도 제대로 해내는 것이 없는 것 같은, 막연한 초조감이 엄습했다. 공중에 떠서 허공에 바쁜 발걸음을 내딛는 것 같은 날들의 연속이었다.

밤은 네온사인 휘황한 낭만도 있지만 무엇인가 생각하게 하는 힘이 있다.

"현아야, 10여 년 전 무엇이 우리를 그렇게 헤매고 다니게 했을까? 그때의 열정이 지금은 없는 것 같아. 우리 전라도 여행 갔을 때, 다니는 보살도 없을 것 같은 작은 암자 같은 절이 가끔 생각나. 그때 겨울이었잖아. 암자 뒷산에 노을이 붉게 비치면 암자는 더욱 어두웠어. 그 모습이 내겐 잊혀지지 않아."

다린은 선명하게 기억하고 있었다. 혼자서 그 암자를 '은적암'이라고 이름 붙였었다. 숨을 은, 고요할 적을 붙여 때로 뭔가 못마땅한 게 있을 때 그 암자를 떠올리면 마음이 차분하게 가라앉곤 했다. 암자는 낙엽 지는 숲속에 조촐하게 자리 잡고 있었다. 그 뒤로 붉게 빛나던 태양이 졌다. 암자는 서서히 내려앉는 어둠에 고요하게 서 있었다. 지상에서 아무것도 열망하지 않고, 변모해가는 것들에도 연연하지 않는 것 같아 보였다. 모든 얽매임에서 벗어나 사랑 없이도 사랑할 줄 아는 넉넉함이 보였다. 나무들의 신비한 합창에 귀를 기울이며 찾아드는 사람을 반갑게 맞아들이는, 아름다운 저녁을 맞이하고 있었다.

"그래, 그래, 그때 밤바다가 보이는 카페에도 갔었지. 그때 참 추웠어. 너는 바위에 부서지는 파도를 오랫동안 지켜보다가 눈물을 흘렸잖아. 우리 그때만 해도 젊었어."

"네 친구 하 교수는 요즘도 그 남자랑 사니?" 현아가 눈을 동그랗게 뜨고 물었다.

하 교수는 노처녀로 있다가 다섯 살 연하의 수영 코치와 결혼했다.

"응, 하 교수는 행복하대."

"오, 일시적인 감정은 아니었구나."

"때로 그 남자는 일이 없을 때도 있잖니. 그런데 아무 문제가 되지 않나 봐. 남자가 신용 불량자인데도 말이야."

하 교수는 사회적 굴레를 벗어난 삶을 살았다. 그녀는 남자의 보살핌을 받으려는 욕망이 없었다. 스스로 자신의 길을 걷겠다는 자율 의지가 강했다.

"여성은 교육에 의해 '여성적'으로 길들여지잖니. 부드러움, 순종, 타협에의 선호, 여자다움 등은 후천적인 교육에 의해 습득된다고 봐. 태어날 때부터 어느 정도의 여성성은 타고나겠지만. 따라서 자신이 진정으로 원하는 것을 의식적으로 선택해 독립성을 길러야 해."

"고등학교 때 학생회장을 했던 친구가 있어. 그 친구의 꿈이 현모양처였대. 그런데 첫 아이를 잃고 나서 자신의 무지가 아이를 죽게 했다는 자책이 들더래. 자기 스스로 모든 정보를 알아야 했다는 생각을 하고 지금은 지역 단체 활동을 하며 자신의 삶을 살고 있어."

어떤 여성들은 자신의 본성을 선험적으로 깨닫고 발전시켜 독립적인 삶을 살기도 한다. 목사의 딸로 태어나 이화학당에서 신학문을 배우고 동경 유학까지 다녀온 김일엽은 1920년에 발간된 여성잡지 《신여자》의 주간을 맡았다. 인간적인 자각과 여성 해방을 촉구했고, 가부장적인 사회 인습에 숨 막혀 하며 여성은 남성을 위한 소모품이 아니라고 절규했다. 온몸으로 세상과 맞서 불꽃같이 살다가 불교에 귀의해 만공 스님의 "글 또한 망상의 근원이다"라는 당부대로 30여 년간 붓을 꺾었다.

훗날 '고인(古人)의 속임수에 헤매고 고뇌한 이 예로부터 그 얼마인가. 큰 웃음 한소리에 설리(雪裏)에 도화가 만발하여 산과 들이 붉었네'라는 오도송을 남긴 일엽 스님의 생애가 다린의 머릿속을 떠나지 않았다.

큰 웃음 한소리에 온 천지가 꽃들로 휘날릴 때가 언제일까?

차창에 비친 달빛이 흐렸다.

우리의 시간은 되돌릴 수 없는 것. 사람은 같은 물에 두 번 발을 담글 수 없다지만 다린은 아련한 꿈속에서 또는 가슴 시릿한 그리움 속에서 철진을 떠올리곤 했다. 다린의 철진에 대한 사랑은 환상을 키워온 시간의 힘이 아닐까. 흐린 달빛 아래 집들은 고요하고, 집들로부터 새어 나온 불빛 또한 한없이 평화로웠다. 그들을 태운 택시는 어느새 공항에 도착했다.

6.

망초 꽃을
바라보는 사람

다린은 철진에게 전화를 할까 말까 망설였다. 수화기를 들었다가 놓기를 수없이 반복하고 있었다. 그에게 전화를 했다. 그의 어머니가 돌아가셨다는 소식을 듣고도 이제껏 전화를 하지 않았다.

"이제야 전화하는 거야?"

다린은 왈칵 울음이 나려고 했다. 철진은 그녀가 자신에게서 도망가기 위해 몸부림친 시간을 몰랐다. 그를 잃고 싶지 않았다. 잊을 수도 없었다. 다린의 인생에 몇 안 되는 귀중한 만남이 아니던가. 내면의 진실을 말할 수 있는 소중한 사람이 아니던가. 다린은 미지의 나라를 꿈꾸지 않았다. 그에 대한 사랑이 다시 싹트고 있는 것을 느낄 수 있었다. 가슴 저 밑바닥으로부터 그를 원하고 있는 자신을 발견했다. 그를 잃고 잿빛과도 같은 삶을 살아갈 수 없다는 결론에 다다르기까지, 다린은 많은 날들을 목 놓아 울어야 했다. 꽃잎이 열리는 것을 막을 수 없듯 싹튼 사랑을 꺾을 수 있는 것은 없다. 다린은 꽃잎이 화사하게 피어야 한다는 것을 알고 있지만, 꽃잎의 낙화 시간도 읽고 있었다.

희미하게 사라져 갈 사랑을 바라보며 순간의 연소를 선택하고도 싶었다. 아니, 순간이라고 생각하지 않았는지도 모른다. 살아가는 매 순간 어느 누구도, 어떤 경험도 두려워하며 살고 싶지 않았다. 눈부시도록 당당하게 자신의 삶을 살아가고 싶었다.

사랑의 실재.

그와 다린은 서로를 간절히 원했지만, 수많은 괴로움을 견디며 각자 지켜온 한 조각하는 조각하늘이 그들 머리 위로 무너져 내릴 것 같은 불안 또한 그들 가슴에 안타까움으로 남아 있었다.

강변의 카페에서 만나기로 약속했다. 다린이 먼저 도착했다. 다린은 흐르는 강물을 바라보며 '이 사랑도 저렇게 흘러가는 것인가?'라는 생각을 했다. 철진이 웃으며 카페 문을 열고 들어섰다. 검정색 싱글이 철진의 이목구비를 더욱 또렷하게 돋보이게 해주었다. 철진은 커피를 시키고 다린은 그레이프프루트 그린 티를 시켰다. 상큼한 과일 향이 가슴을 환하게 했다.

얼마간의 시간이 흘렀다. 다린은 그의 눈을 쳐다볼 수 없었다. 자신을 잃어버릴 것만 같았다. 철진이 다린의 긴 머리를 쓰다듬었다. 그리고 눈을 감으며 "이건 불같은 화형이야"라고 혼잣말하듯 내뱉고는 심호흡을 했다. 다린 또한 미친 듯 달려오는 한 줄기 밝은 빛이 그들을 휘감는 것 같았다.

그것도 잠시, 다린은 그를 떨치고 일어섰다. 창가에 일상의 먼지를 말끔히 씻은 반달이 고고히 비치고 있었다.

다린의 마음에 있는 뜨거운 자유의 감정이 차츰차츰 눈물이 되

어 밝은 하늘의 한구석을 지우고 있었다. 뜨거운 자유의 에테르
는 철조망에 걸리고 또 걸려 넘어지고만 있었다.

다시 의자에 앉은 다린이 먼저 이야기를 꺼냈다.

"보수적인 성향이 강한 부르주아 가정에서 엄격한 가정교육을
받고 자란 보부아르는 그 교육의 틀을 벗어나기 위해 평생 동안
노력한 여성이라고 생각해. 그러나 사르트르가 제안한 2년간의
계약 동거는 보부아르를 50년 동안 사르트르와 질긴 인연으로
묶어두었잖아. 그녀의 중년과 노년은 사르트르를 돌보고 그와
지적인 사상을 토론하는 학문적인 반려자로서의 역할이었어."

"제2의 성에서 벗어나 남성과 대등한 자유로운 인간이어야 한
다고 주장했지."

"보부아르는 사르트르가 제안한 2년 동안의 계약 결혼에 대해,
사르트르가 예정하고 있던 이별을 두려워하지 않은 것은 아니라
고 했지. 그러나 그것은 먼 미래의 일이라고 생각하고 스스로 극
복하려고 했어. 그에 대한 믿음이 보부아르에게 마음의 버팀목
이 되었다고 하잖아."

"사르트르는 세계적으로 유명한 바람둥이였다지? 그의 여성
편력이 보부아르를 끊임없이 괴롭히고 사건들이 이어졌는데도
왜 그녀는 그를 떠나지 않았을까?"

"보부아르에게도 숨겨진 남편이 있었잖아. 그녀가 '내 생애의
유일한 열정을 담은 진정한 사랑'이라고 부른 미국 작가의 이름

이 뭐였더라……."

"넬슨 올그런! 넬슨 올그런을 만나서 전통적인 여성의 역할을 거부하던 보부아르가 그를 위해 전통적인 여성의 역할을 즐겁게 이행하고 거기서 만족을 느꼈다고 하잖아. 그때 보부아르가 30대 중반이었대. 어느 해인가 대학원에 다닐 때 학교 교문 앞에서 사르트르의 서거 소식을 들었어. 그때 나는 그대를 생각했지."

"고맙네, 잊지 않고 생각해줘서. 자유에 근거를 둔 결혼의 실천에도 믿음과 약속이 중요한 요소였어. 둘 다 거짓말하지 않고 서로 숨기는 일도 없어야 한다는 약속을 했다잖아."

"자기 본연의 인간이 된다는 것의 의미는? 사르트르는 '인생이라는 것은 헛된 정열이다'라고 말했지. 《구토》의 로캉탱은 스스로 의미를 부여해온 것들에서 모든 가치를 잃어버리고."

"삶 자체가 사는 것과 아는 것의 부조화된 느낌의 연속이 아니겠어?"

"결혼 초에 난 다른 어떠한 일도 하지 않고, 주체적으로 자신의 세계를 만들어가는 남성을 기다리는 일이나 하면서 남편 집안과 갈등 없이 잘 살아야 했어. 내 뜻대로 할 수 있는 일이 정말 없더라고. 결혼 후 시부모님의 허락을 받고 첫 외출을 하는데 백화점 앞에 이르렀어. 반대편에서 많은 사람들이 걸어오는데 나만 뒤로 걷는 것 같은 착각을 하게 되더라고. 그래서 많이 울었지."

보도는 무표정한 사람들로 우글거리고 있었다. 백화점 입구 천장에 장식해놓은 붉은 옷의 산타와 아기 천사들은 나팔과 작은 하프를 들고 허공에 매달려 있었다. 군중 사이에서 키가 조금 더 커서 얼굴이 위로 솟아오른 사람, 추위를 피해 모자를 눌러쓴 사람, 키 작은 사람들이 병정처럼 걸어오고 있었다. 무엇인가 해야 할 뚜렷한 일이 있는 것같이 힘찬 발걸음을 내디뎠다. 다린은 자기 혼자 뒷걸음치고 있는 것 같았다. 군중 속에서 혼자 지독한 소외감을 느꼈다. 군중이 다린을 홀로 두고 지나치고 있었다. 백화점 입구 천장의 아기 천사들 악기에서 나오는 노랫가락을 상상할 수도 없었다. 모든 것이 정지되고 오로지 지구만 홀로 돌아가고 있었다. 다린은 멈춰 서 있는데 다린을 중심에 두고 지구가 돌고 있었다. 다른 것들은 모두 생명체인데 자신만 무생물인 듯했다.

왜 그토록 진한 소외감을 느꼈을까.

결혼 전에는 온전히 자신의 시간을 스스로 재단하며 살다가, 이제는 자투리 시간만 자신을 위해 쓸 수 있다는 슬픈 사실을 안 순간부터 다린은 늘 생각했다. 자신의 의지만으로 삶은 이루어지지 않는다고.

시몬 드 보부아르가 사르트르를 처음 만났을 때 "그이에 대한 나의 신뢰는 완전한 것이었다"고 말했다. 그러나 2년이 채 지나지 않아 그녀의 완전한 행복에 대한 충만감은 그녀 자신의 어떤 중요한 부분을 포기했다는 생각을 하기에 이르렀다.

많은 여성들이 결혼한 순간부터 자신이 무엇인가를 잃어가고 있다고 느낀다. 또한 스스로 성공을 추구하는 것을 규제하고 있기도 하다. 때론 자신이 포기한 것에 대한 상실감마저도 느끼지 못한다. 여성들은 어떤 자극적인 일이나 불안보다는 안락함과 평안함을 선택하기도 한다.

* * *

철진은 연구실 밖에 무더기로 피어 있는 망초 꽃을 무심히 바라보았다. 바람에 흩날리는 흰 꽃의 가녀린 모가지가 슬퍼 보였다. 살아서 그녀를 생각하는 순간순간이 고통이었다.

다린이 노크를 하고 들어왔다. 철진은 몸을 돌려 다린에게 앉기를 권했다. 하지만 여전히 망초 꽃이 나부끼는 모습을 보고 있었다.

"P씨 알지?"

"알죠, 무슨 일 있어요?"

"사람이 말이야, 오랫동안 알고 지낸 사이인데도, 많은 시간을 공유한 사이인데도 이렇게 서로 이해할 수 없는 일이……."

철진은 뭔가에 몹시 마음이 상해 있었다. P씨는 철진의 대학 동기였다. 세상이 떠들썩하게 연애를 하다 교통사고를 당해서 한쪽 다리를 절고 가슴에 커다란 주홍 글씨를 달고 있었다. 교통 사고 때문에 신문에 오르내리고 아내와는 이혼을 했다. 오랜 시간이 지났는데도 그는 그 모든 일을 극복하지 못하고 있었다. 세상 사람들은 P씨 일생의 소소한 내막에 대해서 아직까지 입방아를 멈추지 않았다.

모든 인간은 존귀한 존재다.

P씨는 어릴 적 환경의 지배를 많이 받았던 사람 중의 하나였다. 그의 아버지는 두 집 살림을 하며 불호령으로 가족을 거느렸다. 억눌린 감성으로 자란 그는 남들을 이해하기보다는 편견이 심했다. 남보다 뛰어나야 한다는 강박관념이 있었고, 모임에서 한 사람이 나가고 나면 그 사람 흉을 보느라 바빴다. 어느 것 하나 확실하지 않은 일들을 자신이 본 것처럼 확신하며 이야기했다. 그는 늘 어딘가가 불안해 보였다. 먹이를 찾는 짐승처럼 몸의 어느 한 부분에 날 선 안테나를 달고 있었다. 방어 자세와 함께 공격성을 지닌 채.

다린은 그 나름대로의 존재 방식이라고 생각했다. 어쩌면 환경에 의해 외부로부터 인위적으로 부여된, 고통을 수반한 필연성을 제거하는 방법인지도 몰랐다.

철진이 그에게 야간 대학원의 강의를 제안한 것 같았다. 그의 호의도 모르고 오해의 이야기를 들었나 보았다.

"인간은 불완전한 존재이고, 환경적인 요인의 영향을 떨쳐 버리기가 쉽지 않잖아요. 잊어버리세요. 사람은 자기만큼 세상을 보고, 자기만큼 세상을 아는 거라고 생각해요. 고통도 허무도 저 밑바닥까지 닿아야 더 이상 괴롭지 않은 거예요. 죽음에 죽음을 더하면 부활의 삶이 아닐까요?"

"왜 우리나라 사람들은 몇 명만 모이면 남의 이야기를 하고 그것도 좋은 것보다는 나쁜 이야기를 하는지……. 집단주의적인 묘한 심리가 있는 것 같아. P씨도 소문 때문에 많이 괴로워했잖아. 사람들의 수다로부터 자유로워졌으면 좋겠어. 사람들이 떠들어대는 말들은 P씨와는 상관없는 일이란 것을 깨달았으면 좋겠어. 우리들이 고정된 시각으로 판단하고 보는 것이 진실일까?"

"플라톤은 사람들이 물체와 세계를 다르게 인식하는 이유에 대해 말했잖아요. 현실 세계가 진짜 세계인 이데아와 다른 가짜 세계이기 때문이라고 해석했지요. 사람들은 자기가 본 것이 진리라고 단정 짓고 타인을 쉽게 비난하는 거예요. 조금만 더 깊게 생각하면 다르게 보는 시각도 있을 수 있다는 걸 알 수 있을 텐데. 인간은 어떤 이유를 가지고 살아가는 존재잖아요. 이야기 대상자보다 자신의 도덕적 우월성이나 존재 이유를 비열하게 알아가는 심리인 것 같아요. 사르트르가 '타인은 지옥이다'라고 했잖아요. 인간이 인간에게 고통을 준다는 메타포가 아닐까요?"

철진이 탁자 귀퉁이에 걸터앉으며 웃음을 되찾았다.

"대학 때 다린이 봉사 활동을 다녀와서 판자촌 사람들의 따사로운 정을 느끼고, 아이들의 해맑은 모습을 보고 와서 많은 것을 배웠다고 했지. 그때 내가 '오우 많이 컸네' 해서 다린이 삐쳤던 거 기억나?"

다린도 기억했다. 그땐 다린이 아기 취급을 받는 것 같아 정말 싫었다.

"대학 2학년 때였지?"

다린은 순간 '우리가 아무것에도 속해 있지 않던 시간'이었다는 생각이 스쳤다. 그때의 무한한 자유가 느껴졌다. 강둑 아래 판자촌에는 웃음과 행복이 없는 줄 알았다. 처음 판자촌에 들어섰을 때 둑을 따라 칙칙한 무채색 집들이 다닥다닥 붙어 있어 측은해 보였다. 그곳에서 열흘 동안 의료 활동, 주변 소독, 주민들과의 상담, 아이들의 교육 등을 하며 봉사 활동을 했다. 지금도 잊히지 않는 아이들이 있다. 눈 큰 동현, 다정했던 목사님의 아이들, 그중 자기는 커서 이 가난을 벗어던지겠다고 글을 썼던, 이름을 잊은 11살 아이까지. 봉사 활동이 끝나고 늦은 저녁이 되면, 아주머니들이 수고했다며 간식으로 고구마와 감자를 쪄서 양푼에 담아 미숫가루와 함께 방으로 수줍게 디밀어주었다. 그곳에는 평화와 따사로움이 넘쳐났다. 땀 냄새와 희망과 기대가 있었다.

다린이 창 가까이에 다가가 망초 꽃을 바라보았다.

얼마 전에야 망초 꽃 이름을 알았다. 그 전에는 6월의 들판을 하얗게 물들이는 이름 모를 꽃이었다. 아무것에도 속하지 않은 삶과 이름 없음. 이름 없는 것의 무한 자유가 파란 하늘 가득히 채워졌다.

망초 꽃이 쓸쓸하게 바람에 휘날렸다.

우리는 같은 종류의, 그리고 같은 가치를 지닌 정신적, 인격적 존재를 만나기가 쉽지 않다. 인격적인 상호 행위는 타자의 권리를 지켜주며, 상대방에게 경외심을 가지고, 서로의 이해와 신뢰 안에서 따뜻한 호의를 베풀 때에야 가능하다는 것을 다린과 철진은 너무나 잘 알고 있었다. 그러나 인간의 정신은 육체와 세계에 연결되어 있어 이성과 자유로운 존재로서의 갈등이 창 너머 망초 꽃을 바라보게 했다.

다린은 철진과 헤어져 강변길을 달렸다. 강물은 말없이 흐르고 있었다.

'철진과 함께 저 아름다운 물결 위로 같이 흐를 수는 없을까?' 다린의 눈에서 소리 없이 눈물이 흘러내렸다.

'내가 저 강물처럼 흐를 날은 언제일까? 모든 것의 경계를 뛰어넘어 편안할 날은 언제일까? 반짝이지 않아도 같이 흐르고 싶어, 같이 영원히, 내가 사랑하고 있어, 사랑해!' 다린은 소리 내어 울었다.

사실 깨달음이란 온전히 지금 나의 삶 안에 있는 무언가를 찾

아내는 것이다. 깨달음의 자리는 바로 내가 있는 이 자리, 그것을 받아들이는 이 자리이다.

다린은 선택과 자유가 가져다주는 것은 고통과 끝없는 번민이라는 것을 알았다. 또한 철진을 만나는 것은 지나간 시간을 처절하게 돌아보는 것이었다. 남들이 보면 다린이 행복하고 화려하게 살고 있다고 볼지 모른다. 그러나 다린의 내면은 평화로웠던 적이 없다. 신은 그 사람이 이겨낼 만큼의 고통을 주신다고 하지만, 그 말조차 위로가 되지 못했다. 역경을 이겨내기까지의 오랜 시간은 힘들고, 끝없이 이어지는 자신과의 결투 시간이었다. 슬프게도 주어진 삶을 스스로 웃음으로 이끌고 왔다는 생각이 들었다. 결혼 전에 다린은 호기심 많고 사리 분별이 확실한 사람이었다. 젊음의 거리 홍대 앞을 활보하며 자유를 만끽하던 독립적인 여자였다.

혜빈이 말했다. "너와 내가 다른 것이 무엇인지 아니? 나는 눈을 지그시 감고 세상을 보고 있어. 따라서 내 생을 걸고 사랑할 수 있지만 너는 감각의 세계에 빠져들기가 쉽지 않을 거야. 너는 허공의 공간에서 구름을 잡다가 질식하려 할 거야."

"그래, 네가 네 자신에 충실한 삶을 살 수 있을지도 모르지. 대지 위에 꽃을 피우며, 펼쳐진 네 생 위에 아름다운 색색의 수를 놓으며 충만한 삶을 이끌 수 있을 거야. 아마 그럴 거야." 다린이 체념하듯 말했다.

"다린아, 아무것도 생각하지 않고 그저 끌리는 대로 몸과 마음을 맡기는 것은 네가 할 수 없는 일이잖아. 너는 망령처럼 의식적으로 보이지 않는 저 산꼭대기를 향해 피를 흘리며 오르고 있어. 그 산꼭대기에 무엇이 있을 것 같아? 그리고 또 자신에 대한 책임을 너무 무겁게 느끼고 있어. 두꺼운 알껍데기 안에서도 눈을 감고 장님처럼 앉아 있잖아."

다린은 혜빈이 영근 열매를 지닌 듯하면서도 쉽게 내보이지 않는 모습을 좋아했다. 그녀에게서 자신의 세계가 구축되어 있는 단단함을 보았다.

다린도 혜빈의 말을 수긍할 수 있었다. 자신도 제 자신에 대해 알고 있었고, 뼛속까지 아린 슬픈 고독을 느끼는 이유도 알았다.

많은 사람들이 죽음을 두려워한다. 다린에게 죽음은 평안, 안식이었다. 온몸의 피가 다 빠져 나가고, 따듯한 태양이 비치고 바람이 불지 않는 고요한 바다 위에 조용히 떠 있는 것 같은. 그리고 죽음은 쉬 다가오는 것이었다.

다린은 알고 있었다. 고교 시절 아팠던 경험으로.

다린은 성당의 뜰에 들어섰다. 평일이라 적막한 고요가 흐르고 있었다. 가슴 한복판에서 시린 눈빛으로 서 있는 십자가가 다린의 가슴을 서늘하게 했다.

성당의 하얀 벽이 다린의 가슴을 진정시켰다.

'믿는다는 것은 대체 무엇을 믿는다는 것인가. 내가 하느님을 믿고, 예수의 부활을 믿으며, 우리도 부활한다는 걸 믿는다는 것이 아닌가. 하느님이 아들 예수를 내려보내 인류를 구원하고자 하는 것. 사랑으로 인류의 문제를 해결하려는 것. 나는 어떻게 구원받을 수 있을까? 인간이 인간을 구원할 수 있을까? 하느님, 기다려왔던 사랑이 제 곁에 찾아왔습니다. 그 사랑을 받아들일 수는 없는 건가요? 사랑을 왜 눈물이 되게 하십니까? 한 마리 새가 나뭇가지에 잠시 앉았다가 포르르 날아가게 하시지 않고, 왜 저 새를 소유하고 싶도록 하시는지요? 내미는 손을 잡으면 안 되는 것입니까?

다린은 이성으로는 제어되지 않는 스스로의 약속 앞에서, 자기가 동의하지 않는 운명 앞에서 전율하고 있었다.

'성모님이시여, 산다는 것에는 어떤 행복도 없는 건가요? 산다는 것, 그것은 이 세상을 통해 자신의 고통스런 자아를 찾아가는 여정일 뿐인지요? 제 자신을 너무나 잘 이해하고, 삶 이상의 것에 눈을 뜨게 하는 그입니다. 인간에게 사랑하는 사람과 함께할 기회를 주시면서도 왜 이렇게 보이지 않는 수많은 거미줄을 쳐놓으셨는지요?'

다린의 눈에서 하염없는 눈물이 흘렀다.

'성모님이시여, 제 자신이 오만했음을 고백하옵니다. 죽음과 죽음 이후의 삶에 대한 제 관념, 무상감이 저의 삶에 깊이 뿌리내리고 있다고 굳게 믿었습니다. 저는 지금 제 내부의 무수한 타자

와 싸우고 있습니다. 저도 알 수 없는 이 불투명함 때문에 저는 괴롭습니다. 저에게 평안을 주시옵소서.'

다린은 성호를 긋고 성당의 뜰로 나왔다.

윤 신부님이 성당 한 모퉁이에 있는 정원의 꽃들을 보고 계셨다. 다린을 보시고 반갑게 웃으셨다. 다린은 신부님에게 다가가 악수를 청했다.

"오랜만에 성당에 나오셨네."

"신부님, 저 잘 아시잖아요. 자주 찾아뵙지 못해 죄송해요."

신부님은 다린의 시어머님을 잘 아셨고, 집안과도 허물없이 지내고 있었다. 다린이 영성체를 받기 위해 교리 공부를 할 때였다. 다린은 신앙에 대해 맹종이 되지 않는 것이 조금 괴로웠다. 다린의 심정을 읽으셨는지 그때 보좌 신부님이셨던 윤 신부님이 어느 날 부르셨다.

"집안의 강요로 신앙인이 될 수는 없어요." 신부님은 다린의 괴로움을 그렇게 읽으셨나 보았다. 그 후로 10여 년 동안 신부님과 가끔 만나 마음속의 이야기를 나누었다.

신부님은 사제관의 신부님 방으로 가서 차 한 잔을 하자고 하셨다.

다린이 신부님의 근황에 대해 몇 가지 묻고 나서 약간의 침묵이 흘렀다.

"신부님, 인간의 운명과 사명을 결정하는 것은 우리의 희망이 아니고 미리 결정된 숙명이 아닐까요? 저는 요즘 그런 생각이 들어요. 인간의 자유의지를 믿었는데⋯⋯."

"여러 가지의 결정론을 믿는 사람들은 자유의지를 부정하지요. 신학에서는 자유의지의 존재가 신의 전지전능, 인간의 그릇된 행동도 포용하는 신의 선함과 가치 있는 행동 같은 신의 은총과 조화를 이루지요."

"인생에서 참으로 견딜 수 없는 것은 존재한다는 것이 아니라 자신의 자아로 존재한다는 것 같아요."

"그렇지요. 인간은 삶의 궁극적, 무제약적 의미를 찾기 때문일 겁니다. 블레즈 파스칼은 '인간은 끊임없이 인간을 초월하고 있다'고 말했잖아요. 인간이란 오직 이 세계 안에서 이러한 절대적인 것을 향한, 신을 향한 본질적인 질서를 지움으로써 이루어지는 정신적, 인격적 본질이지요. 매일 묵주를 세며 기도하세요. 경건하게 내 몸을 다 맡기고 빌어야 합니다."

신부님은 웃으면서 다린을 쳐다보셨다.

"예수님의 부활은 몸의 부활이 아니에요. 예수님은 '지금 여기' 내 안에 계십니다. 그리고 그걸 매 순간 느껴야 합니다. 그러면 매 순간 기쁨을 발견할 것입니다. 예수님은 자기 속의 악마를 이긴 분이십니다. 우리도 내 안의 악마인 욕망, 즉 식욕, 성욕, 성공 욕구, 지혜에 대한 욕구, 철학에 대한 욕구를 지우고 나면 내 안의 사랑을 찾게 될 겁니다. 그래야 세상을 이긴 자가 되는 것입니다.” 신부님은 한참 동안 말씀이 없으셨다.

“다린 씨는 무엇인가에 대해 고통을 느끼고 계십니까? 그렇다면 지금이야말로 그 고통으로 인해 더 이상 자신만을 믿지 않고 가난한 마음으로 신앙에 더 다가갈 수 있습니다. 가난한 마음이라 함은 자기 자신에게 의지하지 않는 마음입니다. 자기가 소유한 것과 자신의 지위, 지식에조차 의존하지 않는 것이 가난한 마음입니다. 그때 비로소 온전히 하느님께 매달릴 수 있습니다.”

신부님은 유쾌하게 몇 가지에 대해 말씀을 더 하셨다. 그러나 다린의 무거운 짐은 쉽게 벗어놓을 수 없었다. 평화로운 마음이고 싶었다. 평안하고 싶었다.

* * *

다린은 2층 방의 불을 켜지 않고 창밖을 쳐다보았다. 달빛의 푸르스름한 빛이 방 안을 비추고 있었다. 내가 찾지 않아도 찾아든 성령의 그림자같이, 방 안을 감돌고 있는 푸른빛이 다린을 감싸 다린의 마음을 서늘하게 했다. 추위가 느껴졌다.

‘아무것도 없다……. 이 텅 빈 공간에 나 혼자이다. 대낮의 햇살에 팔랑이던 초록 나뭇가지도 어둠 속에서 검은 빛을 띠며 아무 소리도 내지 않고 있다. 찾아들던 새들도 날아가 버렸고, 온 세상이 적막에 휩싸여 있다. 나는 혼자이다.’ 그 사실만이 진실이었다.

담 너머로 자동차 지나가는 소리가 났다. 누군가 차에 타고 있을 것이다. 그는 지금 이 늦은 시각에 집을 향해가고 있었다. 안식처를 찾아가는 것이었다. 나의 집. 작은 집, 그 속에서 기쁨이 순간 슬픔이 되고, 환희가 이내 환멸이 되고, 미소가 오랫동안 고통이 되어가는 것을 누가 말할 것인가. 남편은 아직 집에 돌아오지 않았다.

남편을, 부모님을, 자식을 배반할 수는 있다. 그러나 자신을 넘어설 수 없는 그 무엇. 그것은 대체 무엇이란 말인가. 이때까지 다린에게는 의미를 부여하며 살아온 것이 있었다. 마음의 고향. 평안함을 누리고자 했다. 마음의 평화. 그것이 그녀의 꿈이었다. 중학교 시절이었다. 마지막 수업 시간에 선생님은 학생들에게 칠판에 무엇이든지 하나씩 쓰라고 말씀하셨다. 다린은 '진실'이라고 썼다. 칠판의 반을 가로질러 자신의 이름을 쓰던 차희와는 달리 '진실'이라고 썼던 다린. 자신에게도 타인에게도 성심을 다해 진실하게 살고자 했다. 하지만 철진을 만난 후 거짓 삶을 살고 있었다. 다린의 마음과 마음 사이에 경계선이 또렷하게 자리 잡고 있었다. 자신의 마음속에 품고 있던 자신과의 약속에 흠집을 내고 있었다. 스스로 자유롭지 못했다. 스스로 그 짐의 무게에 쓰러져 가고 있었다. 공허했다.

다린은 놀라움과 절망감이 뒤섞인 감정 상태가 되어 갔다. 책을 집중하여 읽지 못했고, 진정한 목표 없이 허공에 뜬 삶을 살아가고 있었다. 모든 것이 엉망진창이었다. 자신을 믿을 수가 없었다. 스스로가 스스로를 믿지 못하는 상황, 갈등 상태의 지속이었다. 자기 자신에 대한 의심으로 괴로움의 날들이 연속되었다. 자아로서의 존재감이 흔들리고 있었다. 어제를 살았고 오늘을 살며 내일을 기다리는 것이 우리의 현실이라면, 이제 다린에게 기다리는 미지의 날들은 검은 베일을 벗고 얼굴을 내밀고 있었다. 하나의 과거가 하나의 미래를 계시할 뿐이었다. 인간 가능성의 한계를 보았고, 꿈은 현실과 아무런 연계성 없이 나타나는 인간 존재의 경계를 느끼고 있었다.

자기의 존재가 실재하는 시간의 흐름과 공간 안에 존재하기 위해서는, 자아라는 의식이 현재 자신의 육체에 담겨야 한다는 것을. 현존이라는 것을.

* * *

거실의 불을 켜고 소파에 앉아, 유리에 비치는 자신의 얼굴을 바라보았다. 자화상. 아직 밤이었다. 밖이 어둡기 때문에 제 모습이 비치고 있는 것이다. 다린은 혼자 나지막이 되뇌었다.

'다린아! 삶의 무게를 내려놓으려무나. 완벽은 이 지상의 길이 아니야. 우리는 완벽을 향해 가고 있을 뿐이야. 다린아! 네 어깨

의 짐을 내려놓으려무나. 십자가를 지고 걷지 말고 십자가를 품에 안고 가려무나.'

새벽길을 나섰다. 싸한 공기가 코끝에서 폐부 깊은 곳까지 들어왔다. 마음을 가볍게 했다. 어둠이 벌써 몰려가고 있었다. 성호를 긋고 사람 없는 성당에 홀로 앉아 정면을 응시했다.

사랑은 하는 것이 아니라 느끼는 것일지도 모른다. 욕망은 사라지고 따듯한 기운의 기포들이 다린을 에워싸는 것 같았다. 살아 있는 존재의 무거움을 털어내고 있었다. 하느님 앞에 다린은 자신을 내맡겼다. 포근한 기운이 다린의 마음을 다독이는 것 같았다. 어깨가 가벼워졌다. 성당 뜨락에 나오니 새벽별 몇 개가 하늘에 떠 있었다.

우리는 부단히 자신의 힘과 의지로 사랑하고 용서하려 하지만, 저 별과의 거리만큼 아득하고 먼 길이 있을 뿐이다. 공중에서 공허한 좌절이 수많은 눈물과 회개의 길을 만든다.

새벽별은 우리가 가야 할 길을 밝히고 있는 것 같았다. 인간의 삶에서 신성한 빛으로, 무언의 상징으로 고요히 빛나고 있었다.

온 산이 무덤이었다.

저 멀리 보이던 산도 어느새 죽은 자들을 위한 자리로 개발되었다. 죽은 자들이 나란히 누워 있는 무덤과 석상 옆 화병에 산 자들이 가져다 놓은 하얀 백합, 흰 국화, 빨간 꽃, 노란 꽃, 보랏빛 도라지꽃 등이 알록달록하게 나름 질서를 지키며 한 풍경을 이루었다. 고요했다. 죽음이 가지는 의미는 이 세상과 저세상으로 나뉜다는 데 있다. 죽음으로써 우리 존재가 스러진다는 것이다. 끝 모를 허무밖에 없을, 삶의 미로를 다 거치고 시간과 공간을 초월해 육체의 소멸로 편안함을 누리고 있는 무덤 속의 사람들.

다린은 남편과 같이 무덤 사이에 앉아 있었다. 하늘은 구름 한 점 없이 파랬다. 티끌 하나 없이 파란 하늘이었다. 태양은 한여름을 지났지만, 햇살은 아직 따가웠다.

"여보, 저렇듯 죽으면 아무것도 아닌데 왜 사람들은 현재에 매달려 그토록 집착을 하며 살지?"

"살아 있으니까 열심히 살아야지 뭐." 남편은 퉁명스럽게 대답했다.

"당신은 어떤 초월자가 세상을 주재하고 있다고 믿어요?"

"무엇인가 있긴 하겠지." 간단하게 대답을 하고 남편은 벌떡 일어섰다. "저렇듯 산을 묘지로 바꾸려면 상당한 로비가 있었겠다" 하고 혼잣말하듯 말했다.

다린은 남편과 긴 대화를 바라지 않았다.

세상은 자신이 바라보는 대로 형상을 이루게 된다. 세계는 세계 인구의 숫자대로 형태를 지니는 것일지도 모른다.

가만히 앉아 하늘을 쳐다보았다. 아름다운 새 소리와 부드러운 바람으로 인해 창공이 더욱 푸르게 느껴졌다. 가만히 턱을 괴고 앉아 있었다. 평화로웠다. 무덤과 무덤 사이의 고요. 파란 하늘 위에 시부모 얼굴이 보이는 듯했다. 시부모의 일생이 보였다. 시간과 공간을 초월한 하나의 영상이 펼쳐졌다. 보이지 않는 글자들이 책을 만들어 한 페이지 한 페이지 펼쳐지고 있었다. 그분들의 일상과 인생과 편찮으실 때의 모습과 떠나신 뒤에 남겨진 것들. 살아 소중했던 것들이 돌아가신 뒤 쓸쓸하게 남겨진 모습. 남은 자들이 버리면 쓰레기가 되는 것들. 소중하게 유품으로 간직하면 소중해지는 것들.

죽음은 죽은 것이 아니었다. 죽은 사람들의 일생이 모락모락 연기를 피워 올리듯이 살아 움직이는 것이었다. 저 사람은 평생 고고하게 살았고, 저 사람은 진실하게 살지 못했고, 저 여자는 평생 고통을 끌어안고 살았고…… 저 사람은…….

무덤마다 제 육신과 일생을 품어 안아 무위를 만들지만 사람들은 기억하고 있었다. 죽음은 일생의 끝일 뿐, 인생의 결과는 아니었다.

　다린은 무덤들 앞을 천천히 걸었다. 죽어서도 버리지 않은, 버려지지 않은 이름이 새겨진 석물의 이름들을 읽으며 걸었다. 저 삶들은 얼마만큼 행복했을까? 한 사람의 인간, 한 사람의 직분, 한 사람의 남편, 한 사람의 아내…… 무수히 많은 이력들이 소리 없는 골짜기에서 고요히 침묵하고 있었다.

　어느 사람은 기독교인이었고, 어느 사람은 천주교인, 또는 불교인, 그리고 어느 사람은 무교였다. 그 사람들은 죽음에 이르기까지 하느님에게 의지하며, 부처님에게 의지하며, 자신의 의지에 굳건히 의지하며 삶을 살았을 것이다. 종교를 가지고 사유의 상승을 경험하며, 정신적인 자기 성취로 존재의 근거를 가졌을 것이고, 의미 부여를 하며 목숨이 다할 때까지 살았을 것이다. 어떤 이는 권력을, 어떤 이는 부를, 어떤 이는 이념을, 또 어떤 이는 단순한 쾌락을 지향하기도 했으리라. 죽음에 이르기까지도 사람들은 제각기 다른 모습이었을 것이다.

　사방, 온 산의 무덤들이 지평을 이루고 있었다.

　푸른빛마저 감도는 묘소의 공기에는 청아한 화음의 교향곡이 잔잔히 흐르는 것 같았다.

　세상은 무경계의 지평을 활짝 열고 꽃은 꽃인 채로, 나무는 나무인 채로, 바람은 바람인 채로, 새들은 새들인 채로 서로를 아우르며 평화로웠다.

다린의 가슴을 관통해 지나가는 맑음이 자기 자신의 고통스런 자아를 잊게 했다.

꽃이 피었다 지고 나뭇잎이 떨어지는 것이 어찌 슬프기만 한 일이겠는가.

* * *

남편은 깊은 슬픔에 잠겨 있었다.

가장 절친하던 안 사장이 교통사고로 하루아침에 운명을 달리했던 것이다. 바로 며칠 전에 만나 기쁘게 술자리를 했던 친구였다. 남편은 친구의 영정 앞에서 소리 내어 울었다. 부모님이 돌아가셨을 때도 그렇게 울지는 않았다. 가끔 다린은 남편이 눈물 흘리는 모습을 볼 수 있었다. 남편의 목소리는 힘을 잃어가고 있었다. 혼란스러워하는 모습이었다.

욕망을 좇던 남편은 깊은 우물과도 같은 침묵 속으로 함몰해가고 있었다.

친구와 함께 찍은 사진을 보며 '이 멍청이 같은 놈' 하고 친구에게 하는 말인지 자신에게 하는 말인지 모를 혼잣말을 하기도 했다.

얼마간의 시간이 흐른 뒤 남편은 서가와 옷가지들을 정리했다. 없앨 서류들을 찢어버리고, 평소에 하지 않던 옷장 정리도 했다. 서가의 책들도 중요한 것들만 남겨두고 모두 없앴다. 이제 서가와 옷장에는 빈 공간이 많이 생겼다. 빈 공간이 많은 삶이었다.

죽음의 테두리 바깥에서 얼마만큼이, 그리고 무엇이 우리의 존재를 위해 필요한 것일까.

다린은 외할머니 생각이 났다. 지혜로운 분이셨다. 다린은 외할머니를 좋아했으나, 다린이 대학원생이었을 때 돌아가셨다. 여든의 나이, 고령이었어도 아침이면 머리를 단정하게 빗으시고 햇살 아래 앉아 계시던 외할머니의 모습이 지금도 눈에 선했다. 사람이 죽으면 남겨지는 물건도 깔끔해야 한다는 지론을 펴시던 할머니. 다린의 어머니가 옷 한 벌을 해드리면 가지고 계시던 옷 중에 조금 더 낡은 옷 한 벌을 버리시고, 양말을 사다 드리면 받으신 수만큼의 양말을 버리셨다. 그러시던 외할머니는 아침에 소화가 잘 안 된다고 하시다가, 그날 저녁에 돌아가셨다. 하루 병환이셨다. 이는 할머니의 염원이기도 했다. 자신으로 인해 타인을 고생시키고 싶지 않으시다는 말씀을 여러 번 하셨다. 다린의 외삼촌은 5분의 시간 차이로 살아 계신 할머니를 뵙지 못했다.

염원대로 되지 않는 것이 죽음이 아닐까. 그러나 다린의 외할머니는 염원대로 돌아가셨다.

죽음은 우리가 다시 손을 잡을 수 없어 슬프게 한다. 보고 싶어도 볼 수 없어 슬프게 한다. 그러나 우리는 슬플 때에야 비로소 진실을 안다.

* * *

　나뭇잎들이 알록달록하게 단풍이 들고 있었다. 정원의 마로니에가 물기를 잃고 바스락 말라가고 있었다. 담 모퉁이의 단풍나무는 이미 붉은빛을 띠었다.

　다린과 남편은 차희의 문병을 가는 길이었다. 그녀의 갑작스런 암 소식은 두 사람 모두에게 놀라움 그 자체였다. 다린은 깊은 생각에 잠겼다. 말기로 몇 달을 넘기지 못한다는 그녀. 다린의 마음 속에서 그녀를 완전히 지우고 싶었다. 용서 아닌 용서로 그녀를 잊고 싶었다.

　다린이 남편에게 청했다. 그녀의 문병에 함께 가겠다고. 삶과 죽음의 경계를 넘고 있는 그녀와 악수를 하고 싶었다. 죽음 앞에서 무엇이 용서되지 않겠는가.

　강변의 올림픽 대로를 지나고 있었다. 흐르는 강물 위에서 단발의 한 소녀를 봤다. 반장을 화나게 한 다음 선생님을 통해 임명장을 거두게 만들었던 소녀, 거짓으로 선생님에게 일러 제 자신에게 관심을 돌리려 애썼던 소녀, 고등학교 시절에도 자신이 갖고 싶은 것은 어떤 술수를 써서라도 가지고야 말았던 소녀……

그녀가 지금 병으로 죽어가고 있었다.

다린은 남편과 함께 말없이 차를 타고 갔다. 침묵의 벽은 두터 웠다. 얼마 전이었다면 남편은 다린의 청에 응하지 않았을 것이 다. 그러나 친구의 죽음 이후로 그는 많이 달라졌다. 가치관의 변 화라도 온 듯했다.

다린도 남편을 한때는 사랑했다. 처음 만났을 때에 남편은 흠 잡을 데가 없었다. 명예욕에 불타는 멋진 남자였다. 사람을 자연 스럽게 끌어당기는 힘이 있었다. 상황 판단도 명료했고, 사람들 에게 정확한 지시를 내렸다. 그러나 결혼 이후 남편은 다린에게 명령조로 이야기했고, 그 정도가 너무 심해 때로는 굴욕적으로 느끼기도 했다. 좋아했던 요소가 결혼 생활의 단점이 되어 갔다.

그러나 요즘 들어 남편은 서글프게도 투지와 냉소적인 공격성 이 무뎌져 갔다. 인생이란 영원한 것도, 자연스러운 것도 아니라 는 것을 뒤늦게 깨닫고 있었다. 다린의 슬퍼하는 눈도 볼 수 있게 되었다. 그녀의 고통도 자기 자신의 가슴속에 느끼기 시작했다.

차희의 병실 앞에 다다랐다. 이미 전화를 해놓은 상태여서 남 편은 노크를 하고 병실에 들어섰다. 차희는 남편을 보자마자 끌 어안고 억울하다며 울부짖었다. 옆의 다린은 의식하지 않았다. 다린을 소개할 시간도 없었다.

"내가 왜 이렇게 죽어야 하나요? 무슨 큰 죄를 지었다고 하느 님은 내게 이런 병을 주시는 건가요? 나는 내 인생을 열심히 산

죄밖에 없어요. 이제껏 내가 이루어놓은 것들은 어떡하라고! 이대로는 못 죽어!"

차희는 몸부림을 치고 가슴을 치며 큰 소리로 울부짖었다. 죽음을 눈앞에 둔 환자의 처절한 모습을 다린은 아무 생각 없이 바라보았다. 순간 췌장암 선고를 받고 죽음에 임하던 한 교수의 얼굴이 떠올랐다.

"내가 이제까지 썼던 저 논문들도 다 부질없는 일이었어." 그는 그렇게 말하며 생의 무상을 잔잔히 되뇌더니 3개월을 넘기지 못하고 죽었다.

'죽음에 임하는 자세도 참 다르구나.' 다린은 씁쓸했다.

자신의 병을 알고 나서 처음에 환자들은 자신의 병을 부정하고 싶은 강렬한 욕구를 느낀다고 한다. 그다음에는 '왜 하필 나인가' 하는 생각에 분노를 느끼고 시간이 지난 후에는 자신의 병을 수용하는 단계가 온다고 한다. 모든 사람은 죽음 앞에서 자신답게 살면서 인간의 존엄성을 지키며 높은 삶의 질을 유지하다가 생의 마지막 순간에 평안하게 죽어가야 하는 존재가 아니던가.

남편은 차희를 달래면서 이런저런 이야기를 했다. 한참 후 다린을 부르더니 말했다. "다린 알죠, 중학교 시절부터 친구였다던데……."

차희는 눈물을 훔치며 다린을 물끄러미 쳐다보았다. 다린도 차희에게 다가가며 말했다.

"차희야…… 나 모르겠어?"

"응, 으응. 아, 그래. 어머, 다린아! 너였어?" 차희는 놀라움과 당혹감을 드러내며 침대에서 내려오려 했다. 다린이 이를 저지하며 차희에게 침대에 앉아 있기를 권했다. 순간 차희의 얼굴이 붉어졌다. 동창을 만났다는 반가움보다는, 무언가 부끄러운 짓을 하다 들킨 사람처럼 어쩔 줄 몰라 했다. 그리고 다린을 데려온 남편에게도 원망의 눈빛을 흘렸다. 이윽고 로비스트의 예의 바른 자세로 돌아가 냉정한 낯빛으로 자세를 바로잡았다. 조금 전 그녀의 모습은 어디서도 찾아볼 수 없었다. 그렇게 그녀의 진실된 모습은 숨어버렸다.

사람이란 자신의 행동에 대해 사람들이 비난하고 있다는 걸 알면 편안하게 살 수만은 없을 것이다. 누구에게나 정도의 차이는 있어도 양심이라는 것이 있는 법인데, 그녀의 얼굴에서는 조금도 양심의 가책 따위를 찾아볼 수 없었다. 오히려 인간의 잔혹성이 느껴져 서글펐다.

인간은 본질적으로 이기적이어서 자신에게 유리한 결정을 내리는 동물일 뿐일까.

* * *

며칠이 지나도록 다린은 남편과 차희의 이야기를 하지 않았다.

차희에게 자신을 데려간 것으로 용서 아닌 용서를 하고 있었다. 죽음 앞에 무릎 꿇은 그녀의 모습을 더 이상 이야기하고 싶지 않았다.

'진실되어야 한다', '거짓을 말하면 안 된다', '지고지순한 삶을 살아야 한다'……. 그런 말들을 누구에게 충고로 할 수 있을까? 오로지 종교적인 의미에서만 말할 수 있는 것이 아닐까? 오직 신만이 우리에게 할 수 있는 말이 아닐까?

남편은 지역구를 관리하고 텔레비전에 출현하여 이미지 관리를 하고 있었다. 그러나 그 이미지는 그 사람의 진실된 모습이 아니었다. 그 사람의 진실과 욕망의 몸짓은 텔레비전 화면 뒤에 존재했다. 그 사람의 진실은 어디까지일까? 인간은 세계 속에 있으며 세계와 마주하고 있어 숙명적이고 이중적일 수밖에 없다. 나와 당신, 또한 내 속의 다른 나.

그날을 떠올리면 다린은 남편과 차희와 철저하게 분리된 다른 세계에 있는 것 같았던 게 기이하게 느껴졌다. 자신이 그들과는 무관한 것 같은, 그들 사이에 일정한 거리가 있는 것 같은 느낌이었다. 또한 자신과도 어느 정도의 거리를 유지하고 있어, 자신이 바라보는 자기 자신이 철저하게 이방인처럼 느껴졌다는 것이 더욱 놀라웠다. 내가 사랑해야 할 남편이 그녀의 운명 속에 동참하였고, 그런 그녀가 그렇게 울부짖었는데도 아무 감정이 일지 않았다는 게 신기할 뿐이었다.

바람이 불 때마다 마로니에 잎들을 스치며 스르륵 소리를 냈다. 그 소리를 들으며 다린의 영혼도 같이 소리를 내는 것 같았다. 새들은 나뭇가지 속에서 휴식을 취하며 노래를 불렀다. 그들의 안식이 다린을 평화롭고 자유롭게 했다. 다린 또한 마로니에 나무 아래에 서면 나무의 커다란 팔에 포근하게 안기는 느낌을 받곤 했다. 누군가를 의식할 필요도 없고, 누군가에게 빈 말을 할 필요도 없이 혼자 포근해질 수 있었다. 마로니에가 다린의 마음을 읽는 듯했다.

다린은 베란다의 흰 탁자에서 은빛으로 빛나는 오르골의 청아한 노랫소리를 반복해서 들었다. 아버지가 사다 주신 오르골이라 늘 소중했다. 몇십 년이 지난 지금도 맑은 햇살 같은 소리를 내는 오르골의 〈백조의 호수〉 연주. 아쉬운 듯 끝난 다음 또다시 반복되는, 태엽만 감으면 우리의 삶처럼 계속하여 반복되는 것이 아닌가.

신은 세상을 창조한 후 인간을 바람 부는 벌판 위에 홀로 두시고, 홀로 길을 찾으라 하심이 아닌가. 물음은 끝이 없고 공허한 메아리만 되돌려주시는 하느님이 야속했다.

오늘 따라 유난히 밤하늘의 별들이 맑게 빛나고 있었다. 혜빈의 맑은 눈이 떠올랐다. 지금 이 순간에도 저 별들을 바라보며 많은 사람들이 제각기 다른 생각을 하고 있을 것이다. 혜빈은 왜 자살을 선택했을까? 우리가 자살을 선택하지 않고 살아가야 하는 이유는 무엇인가? 내게 아직 작은 열망이라도 남아 있는 것인가? 다린은 차희의 문병을 다녀온 후 제 자신에게 놀라고 있었다. 남편이 차희와 섹스를 했든 안 했든, 진정으로 사랑을 했든 안 했든 별로 신경 쓰이지 않는 자신의 담담함 때문이었다. 내가 남편을 사랑하기나 하는 걸까? 몇 년 전이라면 분명 이러지는 않았을 것이다. 저 별들도 서로 거리를 유지하고 있어 제 존재를 드러낼 수 있는 것이 아닐까?

창밖에서 하늘을 쳐다보고 있는데, 남편이 다린을 불렀다.

"밖에서 뭐해. 얼른 들어와." 다린은 밖에서 한참을 있다가 방으로 들어갔다. 남편은 아직 자지 않고 있었다. 불을 끄고 잠옷으로 갈아입은 다음 침대 위에 누웠다. 옆에서 부스럭거리던 남편도, 다린도 쉽게 잠들지 못했다. 남편이 다린의 몸을 더듬기 시작했다.

'허락받은 섹스, 죄가 되지 않는 섹스'라는 생각이 다린의 뇌리를 스쳤다.

다린은 거절하지 못하고 남편과 사랑을 나누었다.

그러고 나서는 멍하니 천장을 바라보았다.

'이건 아니야!' 갑자기 현기증이 일었다. 구역질이 올라왔다. 욕실로 달려갔다. 샤워기를 틀고 머리부터 발끝까지 씻고 또 씻었다. 자신의 영혼에 물세례를 퍼붓듯 하염없이 씻었다. 레버를 돌려 물줄기를 더욱 세게 했다. 따가울 정도였다. 그 물줄기에 얼굴을 갖다 댔다. 씻고 또 씻어버리고 싶었다. 허물을 벗고 싶었다. 이제까지 살아온 방식과 이제까지 자신의 모습을. 내게서 떠나버려라. 이 굴욕의 시간들이여. 한때 사랑했다는 이유로 이 삶을, 이 결혼을 유지하기 위해 나는 무엇을 하고 있는가. 왜 이렇게 이 자리에 있는 것인가. 다린은 처절하게 외쳤다.

어느덧 가을이 깊어가고 떠났던 겨울 철새들이 돌아오고 있었다. 철진에게서 전화가 왔다.

"우리 이번 주 수요일에 새 보러 갈까? 그날 강의 없잖아. 지금쯤 강화도에 가면 겨울 철새들을 볼 수 있을 거야. 아침에 학교로 갈게."

다린은 무채색 옷을 입고 철진과 만났다. 새들을 놀라지 않게 하려면 강렬한 색의 옷과 짙은 화장을 피하라고 철진이 일러주었던 것이다. 그들은 강화도로 향했다.

어느덧 그들의 차는 시내를 벗어났다. 을씨년스런 풍경이 차창을 지나쳤다. 온 마을이 놀이터인 아이들이 양철 지붕의 집 앞에서 천진난만하게 뛰어놀고 있었다. 우리가 옛날에 그랬듯이.

지금 이 순간 행복이 무엇일까를 생각했다. 철진과 망원경을 들고 새를 보러 가는 자신은 행복했다. 어떤 필연성을 느낄 수 있는 관계였다. 지금 여기에 있는 이 자리가 행복했다. 서로 불필요한 존재가 아니라는 의미였다. 저 밖의 나무들, 바위들, 산과 들, 강과 바다로부터 고립된 존재가 아니었다. 철진과 망원경을 들고 새를 보러 가는 자신은 행복했다. 그러나 남편은 성공을 위해 앞만 보며 달려가고 있었다. 성공이 행복의 열쇠는 아닐 텐데 말이다.

철진이 물 위 작은 바위에 있는 새를 가리키며 말했다. "저 새는 검은머리 물떼새야. 주로 해안이나 무인도에서 서식하지." 한 마리뿐이었다. 다린은 그 새가 무척 외로워 보였다. 아득한 수평선을 응시하는 모습이. 날개를 접고 물살을 쳐다보는 새의 눈동자가 썰물과 밀물의 의미를 읽는 것 같았다. 또한 사라지는 것과 남는 것의 의미를 아는 것 같았다. 검은머리 물떼새의 붉은 눈동자가 슬퍼 보였다.

철진과 다린은 숲길을 지나 논밭이 있는 길로 들어섰다. 나지막한 언덕 끝자락에 차를 세웠다.

"자, 이제부터 걸어볼까?" 철진은 망원경을 목에 걸고는 작은 배낭을 어깨에 멨다. 다린도 망원경을 들고 철진을 따라나섰다. 코끝으로 쌩한 찬바람이 불었다.

철진이 다린의 목도리 매무새를 고쳐주며 싱긋 웃었다. 다린도 미소 지었다.

넓디넓은 농경지였다. 둘은 나란히 걸었다. 광활하게 펼쳐진 풍경을 바라보니 가슴이 확 틔었다. 다린은 심호흡을 했다. 둘은 걷고 또 걸었다. 바람은 쌀쌀했고 가끔 마른 갈대숲에서 청량한 어린 새의 울음소리가 들렸다. 그곳은 세상이 활짝 열려 있는 황홀한 세계였다. 다린과 철진은 세상을 공유하고 있으며, 삶의 한 순간을 같이하고 있었다. 평화로웠다. 새삼 호기심과 신비스러움이 가슴을 가득 채웠다. 그들은 행복했다. 손을 잡고 나란히 걸었다. 함께 한 곳을 바라보며 걸어가고 있었다. 같은 감성으로, 같은 사물을 바라보며, 같은 생각을 하고, 같은 크기만큼 기뻐하고 슬퍼하기도 하며 길을 걸었다.

갑자기 철진이 하늘을 가리키며 놀라움과 경이로움이 섞인 외마디 소리를 냈다.

"잠깐, 저 새 좀 봐. 두루미일지도 몰라."

다린이 하늘을 올려다보았다. 저 먼 곳에서 새 세 마리가 날아오고 있었다. 분명 큰 새였다. 새들은 우리 쪽으로 다가오고 있었다. 망원경을 들어 새를 보던 철진이 오른손으로 무릎을 탁 치며, 한순간의 정점과 완벽하게 마주쳤다는 즐거움을 나타냈다. 자연과 자신의 합일점에 다다른 듯 아름다움에 대한 최고의 반응이었다.

새들은 철진과 다린이 서 있는 언덕 아래 농경지에 사뿐히 내려앉았다. 두 사람은 숨소리마저 죽였다. 움직임도 멈추고 가만히 새들을 바라보았다. 사진이나 그림에서만 보던 두루미를 눈앞에서 보고 있었다. 긴 목과 긴 다리가 아름다운, 단정한 학의 고고한 모습. 머리 정수리의 붉은색을 이렇듯 가까이에서 보게 되다니 다린은 갑자기 햇빛 속으로 스며드는 기분이었다. 이 지상에서 사는 일의 얽매임이 사라지고, 첫 키스의 입술이 닿는 것처럼 심장이 파르르 떨렸다. 우주의 만물은 제 무게를 버리고 있었다. 풀들은 바람에 가볍게 흔들렸고, 철진과 다린은 침묵하며 새들을 바라보았다. 학은 긴 다리로 음악처럼 리듬을 타며 느긋하게 걸으면서 부리로 먹이를 쪼았다. 여유로웠다. 세 마리 중 한 마리가 오른쪽 새에게 다가가서 먹이를 같이 쪼다가, 왼쪽 새에게 가까이 다가가곤 했다. 새들의 발걸음은 가벼웠다.

우리의 마음속에도 하나의 이미지가 있다. 낙원에 대한 동경. 아담과 이브가 낙원에서 평화롭게 살던 행복에 대해 막연한 기대감이 있다. 초원에서 마냥 자유롭던 아담과 이브. 태초에 안주했던 인간의 낙원에 대한 향수는 인간의 유한성과 삶의 일회성을 초월하려는 인간 본연의 의지일지 모른다. 우리는 미지의 세계를 꿈꾸며 낙원의 단조로운 삶을 그리워한다. 자연에서 편안함을 느끼고, 계절의 변화 속에서 아련한 슬픔을 마음속에 아로새기며, 고향에 대해 깊은 향수를 느끼는 것도 모두 에덴동산에서 슬프게 쫓겨난 낙원에 대한 동경인 것이다. 그것이 우리 마음속에 잔영으로 남아 지상의 삶을 비애로 느끼는 것은 아닐까. 낙원에서의 우리는 인간이었을까? 내가 태어나고 자란 곳만이 고향일까?

새들은 육체와 영혼의 이원성을 느끼지 않는다. 이성과 양심, 존엄에 대해서도 생각하지 않는다.

광활한 들판에서 시간을 느끼지 않고 노닐던 새들이 비상을 했다. 힘차게 이 지상을 딛고 날아올랐다. 우아하게 허공 속으로 날아오르고 있었다. 거대한 비상. 이 지상의 시간을 거두어 날아가고 있었다. 애초에 없었을 시간을. 다린은 환상을 보았다. 새의 날개 위에 어린 소녀가 앉아 있었다. 자신의 꿈이 빛 속으로 환하게 날아오르고 있었다. 아득히 멀어진 꿈이 새와 함께, 어린 소녀와 함께 비상하고 있었다. 승화되어 빛으로 사라져 가고 있었다.

갑자기 들려오는 철진의 목소리에 다린은 화들짝 놀랐다.

"와, 대단하다. 두루미는 세계적으로 1천6백여 마리만 남아 있어. 그야말로 멸종 위기지. 우리나라에는 겨울에 찾아오는 새, 겨울 철새지. 잠을 잘 때는 머리를 등 뒤로 접어서 날개 사이에 넣고 한 다리로 서서 자. 체온 유지를 위해서야. 유월경에 두세 개의 알을 낳아 암수가 함께 품어. 우린 오늘 정말 진귀한 새를 본 거야. 천연기념물로 지정되어 보호를 받고 있거든." 철진은 진정 행복한 미소를 지었다.

철진이 다린을 쳐다보았다. 자신의 털 달린 가죽 옷을 벗어 다린의 어깨 위에 걸쳐주었다. 다린이 추울 것을 염려했던 것이다. 다린도 철진이 추울까 봐 염려가 되었다. 다린이 말려도 철진은 다린이 춥지 않도록 옷으로 감싸주었다. 그는 붉은색 스웨터 차림이었다. 그의 듬직한 등과 어깨 위로 솜털 같은 눈송이가 내려앉았다. 순백의 영혼이 살포시 내려앉았다.

우리는 끝이 보이지 않는 사막 위에 불시착한 존재일지도 모른다. 유폐와 단절의 아득한 사막 위에 고립된 존재로서, 인간의 근원적 고독감을 안고 살아가야 한다.

너와 나는 어떻게 다시 만나 오늘 이 시간을 보내고 있는가?

철진은 오늘 만나는 순간부터 어딘가 이상하리만치 예민했다.

"한 번만, 우리 한 번만이라도……."

창밖의 나뭇가지에서 우수수 나뭇잎이 바람에 날려 떨어졌다. 이제 겨울이 머지않았다. 가슴에도 쏴아 찬바람이 스쳤다. 다린은 길을 걷자고 했다. 마지못해 따라나선 철진과의 사이에 어색한 침묵이 내려앉았다. 차들이 가끔 지나가면 낙엽들이 이리 쏠리고 저리 쏠리며 잠시 날렸다가 다시 땅 위에 내려앉았다.

'우리는 저 낙엽처럼 바람 부는 대로 쏠리고 다닐 수는 없지 않은가? 잠깐 동안 공중으로 떠오르는 환희도 이내 땅으로 내려앉아야 하는 것.' 다린은 추위를 느끼며 옷깃을 여몄다.

철진과 함께 있을 때에는 냉정할 수 있었다.

철진이 "인생의 목적은 행복에 있고 행복은 자연에 따라 생활하는 것이라고 생각해. 세상을 살아가다 보면 눈치 보지 않고 저 들판에 아무렇게나 피어 있는 야생화처럼 살고 싶다는 작은 소망을 가져보기도 하지. 나는 당신이 물가에 내놓은 아이같이 느

껴져. 안쓰럽기도 하고." 또다시 긴 침묵의 시간이 흘렀다. 그리고 힘겹게 말이 이어졌다. "고독과 환희는 또 다른 삶의 의미를 내놓는다고 봐." 그러고는 또다시 말없이 걷기만 했다.

차들이 속도를 내며 쌩쌩 달려갔다. 길가에 쌓여 있던 나뭇잎들이 차 속도만큼 공중으로 떠올랐다가 지나가는 차의 유리창에도 부딪고 길에도 떨어지며 부스러졌다. 다린과 철진은 낙엽 깔린 길을 걸어갔던 만큼 되돌아오며 침묵을 지켰다. 두 사람은 손을 잡고 있었다. 차를 세워둔 찻집에 다다랐다. 철진이 말없이 다린을 꼭 껴안았다. 다린도 철진의 허리를 두 팔로 힘껏 감싸 안았다.

* * *

다린은 새벽에 눈을 떠서 잠을 이루지 못했다. 철진과 남편을 번갈아가며 생각했다. 철진은 눈부신 햇빛을 바라볼 줄 아는 여유 있는 남자였다. 티 없는 창공의 밝음과 비 내리는 하늘의 슬픔도 읽을 줄 알았다. 남편을 생각했다. 남편은 무언가를 실현하려는 욕망이 강한 보통 사람이었다. 부귀와 명예를 지향하고 성취하고자 하는 열망이 구름을 뚫고 하늘을 향해 솟아 있었다. 그와 대화를 하다 보면 울적해지곤 했다. '그게 아닌데, 그게 아닌데'라고 말하고 싶으나 그에게는 통하지 않을 것이 뻔했다.

다린은 때로 생각했다. '무엇으로 당신의 생각을 바꿀 수 있을까?' 혼자 묻고 또 물어도 해답이 없었다. 그는 스스로 느껴야 하는 사람이었다. 이상한 편견에 사로잡혀 있으며 지나친 야심가인 남편은 "내가 도대체 무엇이 문제인데?"라고 소리만 치는 남자였다. 모든 말은 들어줄 상대를 전제로 해서 시도하는 것인데, 남편과는 대화가 되지 않았다. 스스로 변하도록 지루하게 기다릴 수밖에 없는 사람이었다. 반면, 철진의 한 마디 한마디에는 진실이 담겨 있었다. 생명력 있는 말들이 다린에게 소중하게 다가왔다. 세속적이기보다는 깨끗하게 승화된 욕망이 다린을 정신의 궁핍에서 벗어나게 했다. 흔치 않은 경험이었다. 그와는 소통이 이루어졌고, 그 대화가 정신적 상승으로 이어져 가슴을 조용히 흔들었다. 요동치게 했다.

다린은 벌떡 일어났다. 새벽에 차를 몰고 무작정 달렸다. 눈가에는 자신도 모르게 눈물이 맺혔다. 눈물이 앞을 가려 이정표가잘 보이지 않았다. 안개는 더욱 짙어졌고, 다린은 서해안 고속도로 어디쯤 지나가고 있다는 것을 알 수 있었다.

'나는 내 운명을 절대 벗어날 수 없는가? 내 팔에 새겨진 파란주삿바늘 자국을 보며 나의 생에 대해 무한한 의미를 두고 살아가야만 하는가? 나의 진실은, 나는 어떤 인간인가, 나의 모든 욕망은 환상이었던가?' 다린은 큰 소리로 울기 시작했다. 안개는더욱 짙어지고 길이 잘 보이지 않았다. 다린은 한 마리 짐승처럼 포효했다. 슬픔의 눈물이 아니었다. 모든 모순을 끌어안고 살아가야 하는 삶에 대한 분노의 포효였다. 울고 또 울었다. 한참을 울며 차의 가속페달을 밟았다. '길 옆의 나무들도 벗어나고, 내가 가진 모든 것들과도 점점 멀어지고 있다. 하나의 길만을 고집하던 나는 다른 길을 가고 있다.'

얼마나 달렸을까. 길을 잘못 든 것일까. 갑자기 안개가 자욱이 낮게 깔린 사거리가 나타났다. 4차로로 넓게 뚫린 길이 보였다. 지명을 알 수 없는 곳이었다. 차는 한 대도 보이지 않았다. 헤드라이트 불빛을 바라보며 다린은 눈물을 훔쳤다. 새 아스팔트가 놓인 사거리에서는 어디로든 갈 수 있었다. 오른쪽 길로도, 왼쪽 길로도. 잠시 브레이크를 밟고 멈춰서 있었다. 아무도 없는 사거리에 홀로 서서 안개 터널을 한참 동안 바라보았다. 안개가 밀려왔다가 밀려갔다. 다린의 마음도 진정되어 갔다.

얼마간의 시간이 흘렀을까. 다린은 핸들을 꺾었다. 입술을 깨물며 천천히 유턴을 했다. 영화 속의 장면들이 슬로모션으로 흐르듯, 다린의 머릿속이 조용한 영상으로 흘렀다. 다린의 차가 공중을 부양하여 천천히 흐르는 것 같았다. 안개가 차창을 부드럽게 감싸더니 뒤로 미끄러져 사라졌다. 다린의 울음도 사라져 갔다. 입술을 다시금 지그시 깨물며 달려왔던 길을 다시 달렸다.

'시간은 돌고 돌아 하나의 원을 그리고 있다. 둥근 환의 고리를 벗어나지 못하는 것이 인생인 것을. 여러 다양한 지평으로 활짝 열리는 것이 삶인 줄 알았다. 그러나 후회하지는 않는다. 아직 내게 시간이 조금은 남아 있으니. 생애, 저만치 거리를 두고 욕망을 지우며 잔혹한 시간을 견디어내며 내 삶의 반석 위에 올리리니. 내 생의 의지, 그것은 곧 죽음의 변주곡이리니.' 다린은 속으로 되뇌었다.

* * *

며칠째 내리던 비가 그쳤다. 투명한 햇살이 온 천지를 밝게 비추었다.

다린은 자신이 그렇게 뜨거운 가슴으로 철진과 함께했던 시간들이 자신의 의지로 산 시간은 아닐지도 모른다고 생각했다. 신비한 꽃들로 장식된 화원을 꿈속에서 잠시 걸은 것 같았다. 두 번다시 오지 않을 유일의 시간을 경험한 것 같았다.

다린은 자신과 닮은 동질의 사람을 찾고자 하는 것 또한 욕망이라는 것을 알았다. 욕망에서 비롯된 행동은 자유로울 수 없었다. 다린은 철진을 만나는 동안 욕망과 그 상황을 억압하고 부정하려는 태도 사이에서 끝없는 갈등을 해야만 했다. 철진을 만나는 순간은 행복해도 돌아오는 길에는 모든 것이 혼란스러웠다. 때로는 죄책감도 들었다. 어느 누구에게도 차마 말할 수 없었다. 자유는 이성적 행동에서 찾을 수 있는 것이었다.

에덴동산에서 뱀이 아담과 이브를 꾀었을 때 그들은 죄를 범하지 않을 수도 있었다. 금단의 열매를 따먹은 인간의 죄. 자유로워지고 싶은 열망과 낙원에의 회귀에 대한 소망은 갈등을 일으키고, 돌아갈 수 없는 낙원을 향하여 길을 떠나는 인간은 비극적인 존재일 뿐이다.

신성은 어디에 있는가? 사람의 길을 가는 곳에 있었다. 신성은 두려움을 알게 한다고 다린은 참혹한, 그리고 돌아갈 수 없는 마음의 결정을 하고 있었다.

다린은 신부님을 찾아뵈었다.

"신부님, 저는 종교란 사람들이 살아가기 위해 만든 것이라고 생각했어요. 많은 사람들이 신이 있어서가 아니라 믿고 기대기 위해 존재하기를 바라는 것이라고 생각했어요. 오만함으로 가득 찼던 시간이었던 것 같아요. 고해성사도 하지 않고, 주일에 성당에도 나가지 않았어요."

"우리 인간은 세 가지 질서 속에 속해 있지요. 육체의 질서에 속해 있는 사람, 정신의 질서에 속해 있는 사람, 사랑의 질서에 속해 있는 사람, 세 부류가 있을 수 있습니다. 정신의 질서에 속해 있는 사람은 진리의 작은 부분을 보며 그것을 우상화하지요. 철학자들이 여기에 속한다고 볼 수 있습니다. 사랑의 질서에 속해 있는 사람의 신앙은 이성이 없는 것이 아니라 이성이 제공하는 신앙의 도구가 되는 것입니다. 이성이 신앙의 확신을 주는 것은 아니지요. 하느님을 아는 것과 하느님을 사랑하는 것에는 무한의 차이가 있어요. 사랑의 질서에서 마음을 열 때 신앙이 태어납니다."

"신부님, 사랑의 질서라 함은 사랑하는, 겸손한 마음을 뜻하시는지요?"

"겸손한 마음만이 거룩함을 느낄 수 있지요."

"사람들은 도덕과 종교라는 명분으로 갖은 고통을 이겨내는 길을 배우는 것 같아요. 실제로 어떤 입장이든 그것으로써 고통을 극복할 수 있다는 것은 좋은 일이지요."

"사람은 마음의 내부에서 끊임없이 상처를 받으면서도 도덕과 종교를 가짐으로써 스스로 도달할 수 없던 어떤 세계를 자연스럽게 여는 것이지요. 부서진 희망과 어두운 욕망의 잔해를 슬픈 눈으로 바라보기보다는 이겨낸 자의 흐뭇한 마음으로 건널 수 있는 강이 아닐까요. 그것이 종교의 힘이지요."

다린은 몇 해 전 부산 해운대에서 보았던 풍경이 떠올랐다. 정월 대보름이었다. 호텔 방에서 바다를 바라보았다. 모래사장 오른쪽에서 정월 대보름 달맞이 행사를 준비하고 있었다. 방에서 바로 내려다보이는 곳에는 한 여인이 홀로 바다를 향해 서 있었다. 곧 그녀는 작은 자리를 마련하고 두 개의 촛불을 켠 다음 간절하게 기도를 했다. 그녀의 뒷모습이 숭고하게 느껴졌다. 한참 동안 기도를 하던 그녀는 두 팔을 짚고 일어나 동서남북을 향해 간절히 절을 한 후, 제물로 썼던 북어를 바다에다 던졌다. 그런 다음 바다를 마주보고 잠시 서 있다가 홀연히 사라졌다.

다린은 그녀의 간절함이 자신의 가슴에도 와 닿기를 바랐다. 그와 같은 행위도 종교가 아닐까 하는 생각을 했다.

"신부님, 샤머니즘이 원초적 영성이 될 수 있는 것인지요?"

"샤머니즘도 모든 사람이 지니고 있는 원초적 영성의 한 표현이지요. 전통적으로 종교적 행태를 기도, 기구(祈求), 비손, 예배, 제사, 굿 등으로 일컫지요. 모든 제의는 그 나름의 틀 지음을 유지하면서 종교 경험을 표상화하는 그릇이 되고 또 그것을 전승하고 확산하는 기제를 지니게 되지요. 그러므로 그리스도교의 기도가 무속 신앙에서의 비손과 그 형태의 묘사에서나 동기 또는 목적이 서로 다르다 할지라도, 그때 기도가 지니는 정형성과 비손이 지니는 정형성에는 아무런 차이가 없지요. 그저 손을 비비는 것이 비손은 아니지요. 비손은 일정한 때에 일정한 동기와 목표에 의하여 틀지어진 손 비빔이지요. 다시 말해, 종교 경험의 행태적 표상으로서의 정형화된 양태 때문에 종교 현상으로 인지되는 것이지요."

"신부님, 저는 객관적이고 영원한 가치 체계는 그것을 위해 자신을 희생하는 사람들에게는 의미 있는 것이지만 그 자체로는 아무 의미가 없는 것이란 생각을 해요."

"숙명은 겉으로는 필연적인 것처럼 보이나 선택 가능한 것일 뿐이지요. 데레사 님은 자기 스스로 결정한 것을 따라 삶을 살아온 것이지요."

"저는 오늘 아침 〈희망의 속삭임〉을 들으며 울림이 있는 삶을 살아야겠다고 생각했어요." 다린은 웃었다.

"희망이란 형체가 있지도 않고 보이지도 않지만, 우리가 마음속에 품으면 우리의 생각대로 커지고 우리의 생각대로 되는 것이지요. 인간은 육체와 영혼으로 구성된 단일체이지요. 일상생활에서 일어나는 구체적인 체험들을 바탕으로 성체성사를 생활화하는 기도를 하세요. 주님께 잘못한 것에 대해 용서를 청하고, 주님의 자비를 구하는 기도를 하세요. 몸과 마음이 하나가 되면 고요해진답니다. 현대인에게 자유는 이중적인 의미를 가지고 있지요. 사람들은 전통적인 권위와 속박에서 벗어나거나 벗어나려고 노력하지만, 이미 삶의 무력한 존재가 되어버렸고, 타인과의 관계에서 자신의 정체성을 잃어버리는가 하면, 자아를 뿌리에서부터 위태롭게 하므로 새로운 속박을 만들고 있지요."

"그러면 현대인들에게 필요한 진정한 자유의 의미는 무엇일까요?"

"각자의 마음속에서 자신의 진정한 자아를 발견하는 것이지요."

다린은 '하느님만이 우리를 구원하실 수 있는가? 인간은 스스로를 구원할 수 없는 것인가? 구원이란 내가 나만을 생각하는 것이 아니라 타인을 사랑으로 생각함으로써 얻게 되는 것은 아닐까? 라고 생각했다.

'아직 내가 교만한 것인가?'

다린은 오래전에 성 나자로 마을을 방문했던 날이 떠올랐다. 한센 환자들이 신부님처럼 긴 흰옷을 입고 경건하게 일렬로 서서 성당을 향해 걸어가고 있었다. 일그러진 얼굴의 그들은 뭉툭해진 두 손을 경건하게 가슴까지 올려 맞잡고 있었다. 얼마만큼의 고통과 얼마나 많은 자신과의 시간을 통과하고서야 저들은 손을 맞잡을 수 있었을까? 다린은 그 모습에서 성스러움을 느꼈다. 세속적인 삶 속에 있는 성스러움이었다.

신부님은 "사람들은 제각기 자기 둥지를 가지고 있지요. 그 둥지를 찾아 조용히 앉을 줄 아는 사람과 아직도 그 둥지를 찾지 못하고 배회하는 사람들이 있고요"라고 말씀하시고는 빙그레 웃으셨다.

다린은 신부님과 헤어져 집으로 향했다.

* * *

비가 내렸다. 겨울을 재촉하는 비가 추적추적 내렸다. 다린은 정원을 거닐었다. 찬 기운이 옷 사이로 스며들었다.

대지는 떨어지는 낙엽들을 품어 안았다. 모성의 무한한 힘으

로. 정원 한 모퉁이에 불모지처럼 버석거리던 땅도 커다란 마로
니에 잎을 받아 품어주고 있었다. 대지는 마로니에 잎의 등도 토
닥거려 주었다. 흙으로 돌아가는 길에 사랑과 용기를 주고 있는
것처럼 느껴졌다. 비를 맞으며 대지와 낙엽은 서로를 꼭 끌어안
고 있었다. 다린의 가슴 언저리에 잔잔하면서도 강렬한 진동이
일었다. 대지는 자신의 것을 내려놓고 모든 것을 품어 안는 사랑
을 내보였다.

　다린은 루브르 박물관에서 봤던 제리코의 〈메두사의 뗏목〉이
생각났다. 프랑스 군함으로 수백 명이 수장되고 조난원 중 몇 사
람만 살아남은 실화를 그린 그림이었다. 메두사 호는 1816년 7월
세네갈 해상에서 파선했다. 배가 가라앉자 선원들과 사람들은
뗏목을 타고 바다 위를 떠다녔다. 구조되었을 때는 149명 중 15명
만 기적적으로 살아남았다. 그림은 먼 수평선 위에 나타난 구조
선을 바라보는 순간의 환희를 그린 것이었다. 그 그림은 다린에
게 하나의 작은 충격으로 다가왔다. 그림 왼편 아래에는 이미 목
숨이 끊겨 허옇게 변해버린 시체들이 여기저기 처참하게 널려
있고, 살아 있는 몇몇 사람들만 절망 어린 눈빛으로 높이 치솟는
파도를 바라보고 있었다. 그림 오른쪽 위에는 희망이란 저렇듯
멀고 작은 것이라는 듯, 보일 듯 말 듯한 작은 배가 있었다. 그러
나 작은 배를 향해 가야 할 배의 돛은 이미 갈기갈기 찢겨 있었
다. 먹구름 낀 황혼을 배경으로 작은 배를 향해 처절하게 손을 뻗

는 모습. 생명과 죽음의 대조를 보이며 삶에의 의지, 인간의 운명
에 대해 극단적으로 보여주는 그림이었다. 생애의 의지는 죽음
의 변주곡이었다.

* * *

다린은 늦게 핀 장미의 비로드 같은 붉은 꽃잎을 바라보았다.
꽃잎에 맺힌 투명한 빗방울이 떼구르르 굴러 떨어질 것만 같았
다. 투명한 빗방울의 맑은 빛. 활짝 핀 장미꽃보다 피지 않은 꽃
봉오리가 더 아름다웠다. 꽃봉오리는 제 안의 사랑을 고요히 품
고 있었다. 추억이 되지 않기 위해 영원의 떨림을 조용히 간직한
채 의연하게 서 있었다. 정원의 나무들은 묵묵히 제 존재를 제각
기 드러내고 있었다. 늙은 할아범 같은 모과나무에는 따지 않은
노란 모과가 몇 개 달렸다.

날씨가 맑아도 햇빛이 닿지 않는 음지에도 꽃은 피고 졌다. 인
간의 경우 음지 속 인간관계는 서서히 병들어가리라.

방으로 들어온 다린은 자주색 안락의자에 앉았다. 편안한 자세
로 베르디의 〈레퀴엠〉을 들었다. 자비의 찬가인 〈키리에〉, 감사
의 찬가 〈상투스〉, 평화의 찬가 〈아뉴스데이〉를 되돌려가며 들었
다. 자신의 영혼을 위해서는 레퀴엠을 들었다. 그리고 자신의 슬
픈 영혼을 위하여 진혼곡을 들었다.

다린은 해변을 걷고 있었다. 먼 곳에서 누군가의 목소리가 가늘게 들렸다. 아득히 먼 바다 끝에서 혜빈이 다린을 부르고 있었다. 물빛은 눈이 시리도록 파랬다. 다린은 오랜만에 듣는 혜빈의 목소리가 반가웠다. 뒤돌아서서 두 팔을 벌리고 혜빈에게 달려갔다. 혜빈도 달려오는 모습이 보였다. 한참을 달려간 후 다린과 혜빈은 만나 서로를 꼭 끌어안았다. 둘은 꼭 붙어서 바다 한가운데 오랫동안 서 있었다. 혜빈과 다린은 한 몸을 이루어 하나의 그림자처럼 바다 위에 서 있었다. 새처럼 가벼운 몸으로 공중에 떠 있듯 바다 위에 떠 있었다. 다린은 혜빈이고, 혜빈은 다린인 것처럼. 혜빈이 작은 목소리로 속삭였다. "사랑해."

다린은 혜빈의 이름을 부르며 잠에서 깨어났다. 꿈에서 본 바다색만큼 몸과 마음이 상쾌했다.

삶은 신비스러운 것인지도 모른다.

다린은 꿈에서 혜빈을 만난 후, 자신이 길디길었던 어둠의 터널에서 빠져나온 것 같았다. 무엇인가 해답을 찾은 듯 머리가 맑았다. 알 수 없던 굴레로부터 해방된 기분이었다. 지리멸렬한 어떤 세계와도 결별한 것 같았다.

'그래, 비로소 나의 영혼은 생각 많은 숲의 오솔길을 벗어나 나의 것이 되었어. 하늘의 별들을 징검다리 삼아 사뿐히 밟으며 사방치기 하던 어릴 적의 가벼움으로 걸어다니는 기분이야. 다시 절대 고독의 자리에 머무른다 해도 외롭지 않을 것 같아. 나의 내면 깊은 곳에 혜빈이 있어 나는 언제나 나이면서 둘일 수 있어. 사랑은 나를 연유해 존재할 수 있어 삶의 무력한 존재가 아니라 자아의 자유로운 행동을 위해 분명해진 자유의사. 남편도 내가 사랑하는 거야. 나는 나이니까.' 다린은 속으로 다짐했다.

춥고 외로울 때면 다린은 철진을 회상하고 그때의 미소를 떠올리며 행복할 수 있었다. 너무 달콤해서 그런 것인지도 모른다. 망각하지 않고 회상하며, 호기심 어린 눈빛으로 바라볼 수 있던 삶의 작은 원동력이었다.

사람은 현실에서 희망이 보이지 않을 때 신화에 기대고 싶어진다. 현실을 도피하는 것이 아니라 무의식 속에서 현실을 넘어서려는 욕망이 있는 것이다. 철진은 신화 속의 인물처럼 다린이 키워온 믿음이었다.

그러나 만남 이후 출구 없는 길이 이어졌다. 삶의 미로가 더욱 복잡하게 얽혀가고 있었다. 마주보며 웃을 수 있는 관계, 상흔이 없는 관계란 불가능한 것일까.

우리는 성(聖)과 속(俗)의 긴장 관계 속에 살고 있는지도 모른다. 우리의 의식 속에는 성이 실재하기를 바라는 마음이 있지만, 우리의 희구와는 달리 상황은 변하기 마련이다. 인간은 세속적인 시간과 성스러운 시간을 체험하며 시간을 새롭게 창조해나갈 수 있다. 잠시라도 죄의식을 가지는 것이 오히려 인간다운 것일까.

〈레퀴엠〉을 듣고 또 들으며 다린은 생각에 잠겼다. 자신의 영혼을 위한 진혼곡을 틀고 또 틀었다. '사랑한다는 것은 서로를 존중하며 함께 이겨나갈 힘을 주는 것이다. 육체적인 것과 심적인 것이 분열되지 않고, 한 인간 속에 원만하게 일체화하여 서로에게 살아갈 힘이 되어주는 것이다'라는 것을 느꼈다.

다린은 한 물결로 흐를 수 없는 물무늬를 보았다. 내일 새로운 태양이 뜨지 않으리라는 것도 알았다. 그러나 강물은 흘러가고, 자기 삶의 반석 위에 또 다른 시간은 뚜벅뚜벅 오고 있었다.

다린은 신 앞에 무릎을 꿇었다. 인간의 의지만으로는 마음대로 되지 않는 마음. 그 마음에 항복의 하얀 깃발이 날리고 있었다.

무망하지 않은 것이 없었다. 신은 말이 없고, 우리에게 원하는 것도 없으며, 우리에게 사람답게 살라고 말하지도 않는다. 우리 눈에 보이지도 않고 볼 수도 없지만, 가로등이 제 발등을 비추며 의연히 서 있는 것처럼 그렇게 서 있다. 우리는 마음으로 그 빛에 다가가서, 밝은 그 빛 속으로 들어가면 되는 것이었다. 그러면 빛 아래에 서 있게 된다. 기도할 수 있는 것이다. 하지만 우연성을 초월하여 오로지 자신이 스스로 선택한 길을 가기로 마음을 다잡는다고 해도 자신의 운명에 대한 탄식이 없는 것은 아니었다.

'인간관계 속에서 일어나는 분노, 좌절, 이견, 실망에도 나는 왜 이 삶을 영위하려는 의지가 강한 것인가? 나는 스스로 도덕주의자인가? 내 안의 무엇이 내재화되어 한 가지의 가치 체계를 지니게 되었는가?'

다린은 스스로에게 물었다. 자기 인생의 근본적 선택이나 자신의 지향이 자기 삶의 이해와 일치하면 그것은 의미를 지니는 것이라고 스스로를 위로했다.

모든 사람들은 각자 자기 인생을 기획하고 자기 삶에 의미를 부여하며 살아가는 존재이니까.

그 의미 있던 만남도 헤어지고, 또다시 만났어도 어떤 한계에 다다르지 않았는가. 의미 있던 것들은 한계를 보이며 부서지고 깨져버릴 유리병 같은 것이 아니던가.

* * *

철진은 연극을 좋아했다. 대학 시절 어느 해 겨울이었다. 철진과 다린은 명동에서 저녁 식사를 한 후 〈고도를 기다리며〉라는 연극을 보았다. 하나의 충격으로 다가왔던 연극이었다. 무대의 고독감이 오래도록 잊히지 않았다.

무대는 어두웠다. 한 그루의 고목나무는 외로운 섬처럼 쓸쓸히 서 있었다. 두 주인공 블라디미르와 에스트라공의 옷은 낡고 너덜거렸다. 두 주인공은 황량한 길가에서 고도가 누구인지도 어떤 사람인지도 모르는 채 기다렸다. 한 그루 나무 앞에서 고도가 와서 그들을 구원해주기를 기다렸다. 오늘이 몇 날 며칠인지도 모르는 채 하염없이 기다렸다. 고도의 오겠다는 약속만을 믿으며. 그들은 무의미한 대화와 몸짓으로 지루한 기다림의 시간을 견디어냈다. 그러나 고도는 오지 않았다. 고도가 오지 않으면 떠날 예정이었다. 더 이상 기다릴 수 없다고 말했다. 그러나 그들은 떠나지 못했다. 보이지 않는 끈으로 고도에 묶여서 떠날 수 없었다. 그들은 또 그곳에 나와 같은 자리에 앉아서 고도를 기다렸다. 고도에 묶여 어디로도 갈 수 없는 그들을 보며 우리는 한없는 무력감과 오랜 기다림에서 오는 허탈감을 느꼈다.

연극이 끝나고도 철진과 다린은 한참을 그 좌석에 가만히 앉아 있었다. 진하게 남아 있는 연극의 잔상에 쉽게 자리를 털고 일어나지 못했다. 둘은 한 마디 말도 하지 않고 서로의 얼굴을 바라보았다. 그것만으로도 같은 느낌으로 그 연극을 이해했다는 것을 알 수 있었다. 서로 상대방의 내면을 읽고 있었다. 두 사람은 침묵을 이었다. 서로 질문하지 않고 오래도록 그 자리를 지켰다.

자아에 대한 무한한 탐구와 인간의 조건에 맞선 절망과 불안을 느낄 수 있는 연극이었다. 존재에 대한 어떤 의미를 발견하지 못하는 데서 오는 초조와 불안을 두 주인공은 소통되지 않는 언어로 끝까지 자문자답했다.

'어떠한 일도 일어나지 않고, 아무도 오지 않는다. 아무도 떠나지 않고, 아무런 일도 일어나지 않는다.'

주인공 에스트라공의 대사는 인간 본연의 조건에서 어찌하지 못하고, 어쩔 수 없이 벗어나지도 못하고 살아갈 수밖에 없는 인간의 비참함을 말하고 있었다.

다린은 철없던 시절에 보았던 그 연극의 무게를 다시금 생각했다.

우리의 인생도 그토록 오래도록 기다린 그 무언가는 달콤하게 주어지지 않았다. 기다리고 기다려서 찾은 것은 허무와 허상뿐이었다. 인간은 죽음으로 속절없이 사라져가는 것이었다. 빈손으로.

다린은 벽에 박힌 돌을 쳐다보듯 벌거벗은 진실을 응시했다. 그녀 자신의 내면을 집요하게 파고들었다.

자신이 태양을 향해 서 있다고 생각했는데 사실은 어둠 속에 있었다는 것을, 마음이라는 것이 얼마나 무기력한 것인가를, 부족이라 느끼는 것 또한 마음이었다는 것을, 그동안 자신의 환상을 창조하며 눈을 감고 있었다는 것을…… 갑자기 한 줄기 햇빛이 강렬하게 마음속으로 비치는 것 같았다. 눈을 뜰 수가 없었다.

* * *

찬바람이 매섭게 불던 날, 몇몇 신문에 차희의 죽음 소식이 전해졌다. 하루하루 다르게 몸이 야위어가던 차희는 생에 대한 분노도 삭이고 어머니의 종교를 따라 천주교도가 되었다. 다린과 남편은 차희의 장례식에 같이 갔다. 차희는 어머니에게 "두렵고 잔인한 현실을 겪으며 내 가슴속 깊이 박힌 상처들 때문에 욕망에 굴복하지 않으리라 다짐하며 살았어. 엄마, 내가 지나온 시간과 사람들과의 이별을 제대로 하지 못했나 봐. 내가 잘못 산 것 같아"라는 말을 했다고 한다. 한국에 연고가 없는 차희의 장례가 조촐하게 치러졌다. 그동안 로비를 했던 정계 인사들은 나타나지 않았다. 조화가 몇 개 왔을 뿐이다. 사업을 같이 했던 재계에서는 임원들 몇몇이 외롭게 떠나는 차희의 죽음을 아무런 감정도 담지 않은 채 의무적으로 참석하고 있었다.

신부님의 장례미사 집전이 시작되었다. 신부님이 노래하듯이 기도문을 선창했다. 합창으로 이어지는 신도들의 기도문 소리는 작았다. 사람들도 많지 않았고, 그녀를 위해 진정으로 모인 사람들도 아니었다. 그러나 다린은 그녀를 위해 기도문을 외웠다. 그녀의 슬픈 영혼이 평안하기를 기도했다.

한 사람의 죽음이 도래했을 때 진심으로 애도하는 사람이 많지 않다는 것은, 그 사람의 생전이 어떠했다는 것을 말해주는 것이기도 하다. 인간의 죽음이 삶에서 자유로울 수 없는 이유이기도 하다.

한 인간이 태어나 죽음에 이르기까지 자신의 욕망을 위해 무자비한 풍랑 속에 몸을 던지며, 죄를 짓고도 그것을 죄로 느끼지 못하고, 씁쓸한 기억들을 안은 채 앞만 보고 달린 그녀는 행복했을까? 안락함을 맛볼 수 있었을까?

인간이 자신의 욕망을 절제하고 자신의 이익만 추구하는 마음을 버리게 될 때, 사람은 무엇이 옳고 무엇이 그릇된지를 판단할 수 있는 이성적 능력을 발휘하게 된다. 차희의 영혼은 타인에 대한 배려가 없었다. 오로지 물질 중심적인 사고를 지니고 있었다. 자신의 이익을 배제하고는 어느 무엇도 가치를 지니지 않았다.

다린은 차희를 사랑과 그리움으로 떠올리게 되지는 않을 것 같았다. 인간이 욕망을 위해 부단히 노력하고, 더러움과 구차함을 마다하지 않고, 밝음과 옳음을 구분 짓지 않고 새롭게 나아갈 수 있는 저력을 누가 함부로 손가락질할 수 있을까. 다린은 차희와 영원한 이별을 했다.

남편의 얼굴을 쳐다보았다. 다린과 눈이 마주치자 남편의 얼굴에는 겸연쩍고 미안한 마음이 교차했다. 절친한 친구의 죽음과 차희의 죽음을 동시에 마주하며 그는 고뇌하고 있었다.

다린은 남편에게 담담한 표정으로 이야기했다.

"여보, 내가 당신에게 보호받고 의지하고자 했다면, 나는 이 삶을 살아내지 못했을 거야. 그저 인간으로서 이 가정을, 그리고 내 삶을 이끌어왔을 뿐이야. 여성으로서의 삶을 살고자 했다면, 나는 벌써 무너졌을 거야. 나는 나로서 가치가 있고, 그만큼 나 자신이 소중했어. 나는 내 인생의 책임자였어. 나는 오로지 나 자신에게 의지할 수 있다는 것을 이제 알아."

다린의 남편은 말없이 그 말을 들었다.

"진실이 무엇인지 당신 같은 사람은 알지 못해. 당신에게 그런 것은 무의미하고 하찮은 것이겠지. 당신은 진정한 자유가 무엇인지도 모른 채 자유를 갈구했고, 법이 무엇인지도 모른 채 법을 우습게 알았어. 난 당신 같은 사람을 이해할 수가 없었어."

다린의 남편은 자신이 본능을 따르는 사내였다는 생각을 했다. 그동안의 시간을 헛되이 낭비했다는 것을 깨달았다. 남편은 다린을 말없이 집에 데려다주고 사무실로 향했다.

다린의 남편은 여의도를 향해 올림픽 대로를 달렸다. 끝없이 이어지는 차들의 행렬을 서늘한 눈빛으로 쳐다보았다. 신호등이 없어 정지할 수 없는 4차선 도로에 일렬횡대로 줄을 이루고 있었다. 그 끝이 보이지 않을 정도로 줄지어 달리고 있었다. 차 한 대가 곡예 운전을 하며 끼어들었다. 마치 예고되지 않은 죽음처럼. 절친했던 친구와 차희, 한 사람 한 사람의 생애가 유리창에 부딪쳐 산산조각 났다.

"중요하던 순간과 사람들도 곧 과거가 되는군" 하고 남편은 혼잣말하듯 작은 소리로 중얼거렸다. 죽음 이후 남는 것은 하나도 없었다. 국회의원으로 몇 번 당선되었는가도 중요한 것이 아니었다. 자신은 죽음이 두렵지 않는, 한 시대의 자유민주주의를 위해 싸운 사람도 아니었다. 죽음은 그저 혼자서 죽어가는 것이라는 생각이 들었다.

'예고된 죽음과 예고 없이 맞이한 죽음. 반항하고 거부해도 모든 사람은 결국 죽음을 맞이하는구나. 한 줌의 재로 혹은 한 줌의 흙으로.' 남편은 올림픽 대로를 지나며 죽음이라는 것을 줄곧 생각했다. '무엇이 내게 소중했던가'를 생각했다. 어스름한 태양빛에 자신이 타고 있는 차의 그림자가 힘을 잃어 흐릿하게 보였다.

* * *

여성에게는 의존을 혐오하면서도 자립을 두려워하는 이중적인 감정이 있다. 타인의 보살핌을 받으려는 끝없는 욕망.

자기 본연의 인간이 된다는 것은 무엇을 의미하는가? 자신의 길을 스스로 걸어가겠다는 자율성과 용기를 갖고, 자신의 존재에 대한 책임을 지는 것을 의미하는 것이 아닐까. 삶은 주체성을 가지고 살아가는 것이다.

다린은 이제 외롭지 않았다. 앞으로도 외롭지 않을 것이다. 자신이 그토록 간절히 원하던 같은 성향의 사람을 더 이상은 그리워하지 않게 되었다. 같은 세계에 살며, 아득하게 멀리 있는 소실점을 한 방향에서 바라보기를 원했던 단 한 사람. 사람이 사람을 얼마나 외롭게 하는지. 다린은 어둡지 않은, 아니 환하게 밝은 방의 문고리를 잡고 있었다. 보이지 않는 세계로 통하는 내밀한 방. 우주를 향해 열려 있고 언어로 설명되지 않는 세계. 보이는 세계의 방은 어제까지 침묵의 방으로 어둠에 둘러싸여 있었다. 웃음보다는 눈물이, 행복보다는 불행이, 삶보다는 죽음이, 고통과 아픔이 도처에 널려 있는 곳이었다.

다린은 혜빈과 신비스런 합일의 꿈을 꾼 후 바깥세상과 화해를 한 것 같았다. 어둠은 자신에게 있었고, 세상의 나무를 보기보다는 나무가 늘어뜨린 긴 그림자를 보며 한탄하던 세상과도 이별이었다. 사방이 환하고 아늑한 내면의 방에서 스스로를 위로하고, 주위에 보이지 않는 수령 수백 년의 나무를 심어 숲을 만들고 그 숲 그늘 아래에서 쉬며, 사랑 없이도 사랑하는 법을 배우고 '은적암' 처럼 아름다운 저녁을 맞이할 수 있을 것 같았다.

다린은 대학 뒷산의 벚꽃 나무 길을 천천히 운전해 갔다. 지금은 앙상한 가지만 남아 쓸쓸하고 한적했다. 가끔 이 길을 달리면서 다린은 편안함을 느꼈다. 마음이 편치 않을 때나 안온함이 그리울 때면 학교 뒷산의 깊은 숲을 찾고는 했다. 여름이면 짙푸른 숲 속에, 가을이면 단풍 든 숲에서, 겨울이면 눈 덮인 하얀 겨울 숲으로 찾아들어 몸과 마음을 쉬어갔다. 기쁨과 슬픔, 온갖 괴로움과 세속의 때를 씻고 나서 가벼운 마음으로 벚나무 길을 내려갔다. 오늘 따라 이 길을 찾는 사람이 없어 정적이 흘렀다. 새들도 울지 않았다. 어느 구비에 다다르자 아스팔트길이 하늘과 맞닿아 있어 바다를 상상하게 했다. 바다에 가고 싶었다.

'살려는 자와 죽으려는 자의 차이는 무엇일까? 무조건적인 의

무는 아닐 것이다. 나는 살기 위해 절벽을 맨손으로 기어오르는 것인가? 망령과도 같은 내 영혼을 찾아, 쉼터를 찾아 오르는 까마득하고도 험준한 길. 삶을 버리고 찾은 자유는 의미가 없다. 자유를 버리고 찾은 삶 또한 의미가 없는 것이 아닌가. 인간의 자유는 신에 대해 투쟁을 하며 인간이 항복할 수밖에 없는 운명의 비극인가. 그러나 자유의지는 포기할 수 없는 것'이라고 생각했다.

성의 해방을 부르짖었던 자유 여성인 아프로디테 여신의 어원은 그리스어로 거품에서 태어난 자를 뜻한다. 사랑과 아름다움이란 한순간 화사하게 피어올랐다가 허망하게 사라져버리는 물거품 같은 것이라는 깨우침을 주고 있는 것이다.

'혜빈을 더 잘 이해할 수 있어. 혜빈이 간 길과 내가 가고자 하는 길은 한 봉우리를 향하고 있어. 육체의 합일에서 한순간의 위안을 얻을 수는 있어. 하지만 육체에서 위안과 해방을 구한다 해도 그것은 순간일 뿐 영원할 수는 없어. 혜빈이 그 욕정의 비애로부터 자유롭지 못했듯이. 우리는 자기 본연의 양심이 있어 그 소리에 귀를 기울이게 돼'라고 혼자 가만히 중얼거렸다.

사랑은 엄격한 법칙 아래에서 태양 빛으로 빛나고, 죄를 잉태한 사랑은 외곽 지대의 버려진 땅처럼 쓸쓸하다.

어둠이 내리는 겨울 숲에는 빈손을 쥔 나뭇가지들이 겨울바람에 흔들리고 있었다. 앙상한 빈손으로. 여름의 푸르던 열망을 가볍게 떨어뜨리고 다가오는 봄을 아름다운 빈손으로 준비하고 있었다. 다린의 마음 한 자락이 얽힌 실타래의 한쪽 끝을 잡고 있었다.

다린은 가로등이 켜진 교정의 긴 길을 내려오며 마음을 다잡았다. 그리고 집으로 향했다.

* * *

다린의 남편과 친구 정민은 자유로 안쪽, 마을을 끼고 있는 작은 길을 따라 말을 타고 갔다. 두 사람은 앞서거니 뒤서거니 하며 간간이 이야기를 나누었다. 마을을 지날 때 어디선가 개들이 한꺼번에 짖었다. 남편은 언젠가 이 마을을 지나다 개들이 철창에 갇혀 있는 모습을 보았다. 갇혀 지내는 설움 때문인지 울분을 토하듯 시끄럽게 짖어댔다. 남편은 개 소리로부터 빨리 벗어나고 싶었다. 말의 배를 걷어차며 달리는 속도를 높였다. 친구의 죽음과 차희의 죽음을 연달아 겪으며 거리낌 없던 성격이 예민해져 있었다. 죽음 앞에서는 그 무엇도, 그 어느 것도 소중하지 않다는 것을 느끼고 있었다. 다린을 생각하는 날이 많아졌다. 그녀의 운명을 생각했다. 그는 그녀가 말할 수 없는 것에 대해서는 침묵하는 사람이라는 것을 새삼 알아버렸다. 그녀가, 그의 동반자가 그와의 보이지 않는 끈을 자르고 있다는 것을 눈치 채고 이때까지 느끼지 못했던 약간의 두려움이 생겼다. 그녀가 자신의 삶에서

뛰쳐나가려 하고 있다는 것이 느껴졌다. 인간관계뿐만 아니라 부부 사이도 바다 위의 섬처럼 아무리 세월이 흘러도 일정한 간격을 두고 떠 있을 수밖에 없는 것인가? 시간의 풍화작용을 생각했다.

친구는 비행 경력 15년에 총 비행시간이 천 시간도 넘는 베테랑 비행사였다. 쿠바인들처럼 자유로운 영혼의 소유자이기도 했다. 마음속에서 윤리와 도덕, 자유와 질서 등 모든 것이 무화되어 존재하는 듯, 그 어떤 것도 개의치 않는 사람이었다. 떠나고 싶을 때엔 언제든지 마음 내키는 곳으로 쉽게 떠날 수 있는 사람이었다. 배낭 하나만 메고 사막이든 아프리카든 남미든 훌쩍 떠나버리는 사진작가였다. 개성이 강하고 자아에 반역하지 않으며, 선과 악을 구분할 줄 아는 그에게는 경계라는 것이 없었다. 누군가와 타협할 필요도 없었다. 자유롭고 거친 세계로 나아가 무언가를 기다리지도 않고 거리낌 없이 사는 사람이었다.

남편과 친구 정민은 어릴 적부터 친구였다. 부모님이 서로 알고 지내는, 형제와도 같은 친구였다.

"아내는 내 곁에 항상 머물러 있는 사람인 줄 알았다. 내가 그렇게 잘못 살았나? 내 선택을 실천에 옮기는 일에만 열중했었나 하는 자책이 들기도 해. 나는 뒤를 돌아보지 않는 사람이었어."
아무도 그에게 그런 말을 하거나 해하지 않았는데, 그는 자기 자신에 의해 무너져 내리고 있었다. 그의 마음속에서 무언가에 대한 경외감과 두려움이 생겼다.

"성공적인 결혼 생활을 하려면 한 사람과 여러 차례 사랑에 빠져야 한다잖아. 넌 그동안 집안일에 무심했어. 넌 변화의 자아를 추구했어. 알아, 인마! 너는 반복을 두려워했잖아. 늘 반복되는 일상의 소중함을 몰랐던 거야. 사랑에서 절정의 순간은 짧아. 암, 짧고말고. 그러나 길기도 한 거야."

그들은 정민의 별장에 다다랐다. 서향이라 임진강 너머 해가 지는 모습을 볼 수 있었다. 강물을 붉게 물들이며 지는 해. 늘 하루의 마지막을 경건하게 하는 노을을 볼 수 있는 집이었다.

"넌 외롭지 않냐?"

"야! 사람은 사람을 속이지만, 자연은 사람을 속이는 법이 없잖아. 자연과 함께하고 있는데 뭐가 외롭겠냐. 해도 달도 내 친구고, 풀들도 친구이고, 내가 키우는 채소들도 친구야. 채소들은 주인의 발소리에 큰다잖아. 봄이 되면 이곳저곳에 꽃들을 심고, 심어놓은 야생화들이 철 따라 피는 것을 보면서, 세월을 그렇게 단순하게 보내는 거지. 세미나에 가면 연사들이 하는 말이 어찌나 공허하게 들리는지……. 허황한 논리들을 펼치고 있으면 저 사람도 하나의 삶을 살아가기 위해 하나의 장난감을 가지고 놀고 있구나 하는 생각이 들어. 미뇽 맥러플린이 '모든 사회는 살아 있는 순응주의자와 죽어버린 이단자에게 경의를 표한다'고 했잖아. 소수의, 아주 극소수의 살아 있는 이단자도 있는 거야."

정민은 가끔 지방의 경비행장뿐만 아니라 외국에 나가 경비행기를 몰기도 했다.

그랜드캐니언의 협곡 위를 비행하며, 사막 한가운데 우뚝 솟아 있는 붉은 절벽과 물길이 만들어놓은 깊은 계곡 같은 자연의 예술품을 보면서 자연의 위대함과 인간의 한계를 진하게 느낄 줄 아는 사람이었다. 범속한 일상을 뛰어넘는 초월적 행위를 즐기는 사람이었다. 신의 눈으로.

그는 삶의 아름다움을 창출하기 위해 밤낮으로 일했다. 사업은 번창했다. 그러나 사업적 성공은 그에게 마음의 안정을 가져다주지 않았다.

인간 자아의 심연에는 우리가 생각할 수도, 추정할 수도 없는 개체적인 자아의 본질이 존재한다.

10여 년간 몰두해온 경제적인 부에서 삶의 가치를 찾는 것은 무의미했다. 사업을 하면서 숱하게 만났던 사람들에게게서는 위안을 찾을 수 없었다. 시간의 허공 속에 내던져진 느낌이었다. 그는 자유로운 공간에 대한 염원이 일었다.

인간은 만족을 모르는 동물일지도 모른다. 완전한 만족의 상태에 이른다 해도 잠시일 뿐이다. 우리는 늘 부족을 느끼기 마련이지만 그럼에도 자신이 선택한 것을 생의 끝까지 행동으로 옮기는 사람도 있다. 또한 부족을 느끼면 오랫동안 가져온 신념도 미련 없이 내팽개칠 수 있는 사람도 있다. 정민은 남들의 시선을 아랑곳하지 않는 두둑한 배짱의 소유자였다.

외국을 드나들며 사업에 열중하는 동안 가정에도 소홀하게 되었고, 결국 이혼을 했다. 그 후 그는 말을 타고 경비행기를 타며 마음의 안정을 찾아가고 있었다. 말은 사랑을 갈구하지도 않고, 사랑의 크기를 셈하지도 않으며, 사랑을 더 달라고 요구하지도 않았다. 그저 사랑만 주면 되었다. 말은 사람처럼 변화무쌍하지 않았고, 있는 그대로를 인정하면 되었다. 정민은 말을 사랑하며 말과 교감을 나누었다. 자연을 벗으로 삼으며 이성과 영혼이 분리되지 않는 합일의 날들을 살고 있었다. 인간적인 존재로 거듭나고 있었다. 그의 표정은 환했다. 건강한 웃음이었다. 그의 얼굴에는 사랑이 감돌았다.

인간의 행동을 움직이는 힘은 인간의 다양한 욕구에 의한 것이다.

다린의 남편은 친구 정민과는 다른 삶을 살고 있었다. 정민이 끊임없는 탐구심와 모험심으로 자신의 한계를 넘어서는 꿈을 꾸었다면, 남편은 여자들에게서 그것을 찾았다. 여자의 내면세계를 보기보다는 다양한 물품들을 수집하듯 여자들을 만났다. 한 여자를 만나는 동안에는 자신이 만든 소왕국 내에서 왕처럼 군림했다. 갖가지 선물로 여자의 허영심을 채우며 그녀를 지배했다. 그러나 한 여자에게서 오랜 안정을 찾지 못했고, 곧 실망을 하고 뒤돌아서서 또 다른 여자를 찾곤 했다. 때로는 여자가 그에게서 진정성을 찾지 못하고 먼저 연락을 끊기도 했다.

"사랑의 동의어는 관심이야. 너도 다린 씨에게 더 많은 시간을 할애하고 관심을 가져! 나를 봐라. 새들도 동물들도 사랑과 책임을 알지만, 특히 사람들은 사람답게 살기 위해서라도 끊임없는 사랑과 책임에 대한 의무가 있다고 봐."

임진강 너머로 해가 지고 있었다.

"이렇게 해가 지고 달이 뜨고 별이 빛나고……. 별들이 일정한 간격을 두고 서로 빛을 발하는 걸 바라보면, 사람들도 어느 정도의 거리를 유지해야 한다는 생각이 들어. 서로를 존중해주는 거지. 내가 이렇게 꽃과 나무를 심고 채소를 가꾸면서 느끼는 것은 자연의 이치야. 나무도 그냥 둬봐. 제멋대로 자라. 봄가을에 전지를 해주지 않으면 볼품없는 나무가 된다. 물론 야생에서는 제멋대로 커야 하겠지만. 내가 관심을 조금만 딴 데로 돌리면 채소밭에도 잡초가 무성해져서 채소들이 마르고 그래. 끊임없는 사랑과 관심으로 돌보아야 해. 걔들의 생로병사를 내가 책임지고 있잖아!" 그는 호탕하게 웃으면서 즐겁게 말했다. 절망을 넘어서고 고통을 극복한 자의 웃음이었다.

* * *

파리 세미나에 참석했던 몇몇 사람들이 모여 점심을 먹기로 했다. 호텔 맨 위층의 뷔페식당은 전망이 확 트여 있었다. 마음도 활짝 열려야 하겠지만, 다린은 마음 한 곳이 무거웠다. 철진은 이미 와서 환한 웃음으로 다린을 반겨주었다. 내색하지 않고 웃음으로 화답을 하며 다린은 여교수 옆자리에 앉았다. 결연한 결심을 한 듯, 어딘가 냉랭한 분위기를 자아냈다. 퀭한 눈빛에서 쓸쓸함이 배어나왔다.

식사를 하면서 이런저런 이야기를 나눴지만, 다린은 오로지 한 가지 생각으로 머릿속이 복잡했다. 식사가 거의 끝나고 커피를 마실 때였다. 철진이 다린에게 잠깐 이야기를 하자고 했다.

두 사람은 일행에게 눈짓을 하고 건너편 빈자리로 갔다.

"이번 방학에는 어디를 여행할 거야?"

"아뇨, 이번 방학엔 쓰던 논문을 마무리해야 할 것 같아요." 대답을 하며 다린은 냉정함을 잃지 않으려고 노력했다.

"아까부터 이상하게 느껴지던데, 왜 그래? 다른 사람 같잖아?"

다린은 철진을 쳐다보며 "철진 씨!" 하고 불렀다. 철진이 무언가를 직감한 듯 눈을 휘둥그레 떴다. 한참의 침묵이 흐르고 철진이 먼저 말을 꺼냈다.

"잔인한 말은 하지 마. 우리 두 사람 오랫동안 알고 지냈잖아. 너의 눈빛만 봐도 너의 심중을 읽을 수가 있어. 너의 괴로움을 모르지는 않아. 내가 사랑하는 너를 그런 상황에 놓이게 한 게 나 또한 괴로웠어."

"그래요, 나는 음지에 숨어 있었어. 철진 씨의 등 뒤에서 존재감 없이는 하루도 살아갈 수 없다는 것을 깨달았어. 이제 이 괴로움에서 벗어나고 싶어."

"그래, 나는 너의 선택을 존중할 수밖에 없다는 것도 알고 있어. 미안해, 정말 미안해."

그 순간 철진의 눈빛이 파르르 떨렸다. 자존심에 깊은 상처를 입었다는 것을 알 수 있었다. 그러나 그는 이내 이성을 되찾았다.

"도덕적인 인습이나 사회적인 의무 같은 건 이야기하지 않을래요. 한순간일지라도 철진 씨가 있어서 행복했고, 공허함을 달랠 수 있었어요. 미안해요."

"우리의 사랑은 무한하고 영원한 것이⋯⋯. 음, 그래. 나 또한 비상식적이고 즉흥적인 놈은 아니야. 무비판적으로 여기까지 온 것도 아니야."

사람들이 "둘이 무슨 이야기가 그렇게 길어요?"라고 말하며 제자리로 돌아오라고 손짓했다. 철진이 "나는 다린과의 여행을 계획하고 있었는데⋯⋯"라며 말을 꺼냈다가 맺지 못했다. "인생에는 해답이 없는 것 같아. 자기모순이 있는 게 인생이겠지. 그것을 슬기롭게 헤쳐 나가는 것이 인생의 의미가 아닐까? 세상 모든 일들은 마음의 산물이야. 우리는 성장하기 위해 부단히 자기 생각의 껍질을 벗어 던지지 않으면 안 돼. 각자 끊임없는 자기 확인의 길을 가게 되어 있지. 내가 너를 좋아한 것을 부끄럽게 생각하거나 후회하지는 않겠어. 그래, 그동안 고마웠어. 너를 다시 만나 행복했다. 그리고 다린 또한 행복하길 바랐어." 철진은 그 고유의 한쪽 입가가 올라가는 미소를 지으며 손을 내밀었다.

"안녕히 가세요, 라는 말은 하지 마. 그건 다시는 보지 않겠다는 의미니까. 음, 내가 말하려 했던 새 이야기 해줄게. 마지막 새가 되겠군. 벌새라는 새가 있어. 중남미에 사는 지구상에서 가장 작은 새야. 참새보다도 작아. 무게가 2그램에 불과한 새도 있다니까. 그런데 날개 치는 속도가 상당히 빨라. 1초에 80회의 날갯짓으로 정지 비행을 하기도 하지. 비상 속도도 빠르고, 날면서 후진하는 것도 자유자재로 한대. 사파이어, 토파즈 같은 보석 이름을 가진, 깃털이 아름다운 새야. 중앙아메리카의 원주민들은 벌새를 영력 있는 새로 생각해왔대. 지금도 사랑을 얻는 주술에 효과가 있다고 믿으며 귀중하게 여긴대. 내가 이 이야기를 하는 건, 다린은 벌새의 날갯짓처럼 생각이 너무 많다는 거야. 우리 잠시 공중의 한 점에서 정체 비행을 했던 거야? 그토록 냉정하던 신이 그대를 두 번이나 만나게 해주신 것에 대해 나는 감사하고 있었어. 아무 위안도 없이 고군분투하며 살아온 날들에 대한 보상이라도 받는 것 같았어. 내 자신이 누구인지를 깨달았어. 무심히 살지는 마. 최후의 시간을 같이 할 수는 없겠지만, 두 번이나 그대를 떠나는 것은 그대를 지키고 싶기 때문이니까."

거짓된 행동을 잘하지 못하는 철진이 먼저 가보겠다고 말하며 트렌치코트를 들고 나갔다. 철진은 애원하지 않았다. 그러나 진실을 인정하기가 두려웠다. 희망을 품고 이 자리까지 오지는 않았을 것이다. 다린은 생각했다. 차라리 철진이 화를 내기라도 하면 좋겠다고.

다린은 일행들과 같이 앉았다. 그러나 철진이 조금 전에 한 말들에 마음을 쏟고 있었다.

우리는 자신의 본성을 따를 때 자유로울 수 있고, 자유롭기를 바랄 때 부자유스러움을 느끼게 된다.

사람의 마음은 몇 겹으로 이루어져 있을까. 기억 속의 다른 남자들은 꼭꼭 숨어버렸다. 철진이 아닌 다른 사람이었다면 치욕적으로 느꼈을 육체적인 욕구.

서로가 만나 느낌이 좋다는 것은 영혼의 언어가 소통되고 있다는 것이다.

'이제 나의 마음 한 부분을 따사롭게 하던 철진의 자리는 사라질 것이다. 그 대신 쓸쓸함이 다시 채워지고, 오랜 시간이 지난 후에야 다시 그리움으로 떠올릴 수 있으리라. 그는 떠났다. 꿈꾸던 삶, 자유롭고자 하는 그 작은 꿈이 우리에게는 왜 이리 어려운 것인가?

다린은 자신의 실존을 구속하는 것이 어쩌면 꿈이라는 것을, 자유롭고자 하는 그 마음이 자신의 존재를 구속하고 있다는 것을 알았다.

아득히 멀어져 가는 철진의 등이 보이는 것 같았다. 일행들과 같이 앉아 있어도 마음은 허허로운 사막 위를 걷고 있었다. 교향곡의 피날레가 피아니시모로 여운을 남기며 끝나갔다.

다린은 와인 잔을 들고 창가로 다가갔다. 아득한 허공에 초승달이 하얗게 떠 있었다. 엄격하게 박혀 있었다. 필연의 한계는 일상의 탈출을 꿈꾸지 못하게 묶어놓는다.

'그대 어디 있어도 외롭지 마라. 홀로 고단한 생각 저 허공의 초승달에 실어 멀리 보내버려라.' 다린은 혼자 중얼거렸다.

다린은 〈지고이네르바이젠〉을 들었다. 유랑하며 떠도는 집시의 애환이 바이올린의 애절한 선율로 전해졌다. 다린을 고독 속에 묻어버렸다. 다린은 함몰되었다. 갑자기 현기증이 일었다. 희망의 무망함을 깨닫는 가장 고독한 순간이었다. 우연과 필연의 틈에서 고독과 환희를 넘어서지 못한 안타까움의 불확실한 몸짓이 고개를 들고 있었다.

우리의 삶은 계획보다 우연이 이끄는지도 모른다. 우연이 필연을 만들고, 그 필연의 한계 앞에서 우리는 절망하게 된다.

열정과 회한으로 다가가던 열망의 시간은 단순히 착각의 순간이 아니었다고 믿어도 본다.

누군가를 이해한다는 것은 가슴으로 하는 가장 멋진 일이다.

사랑하는 연인이 생각과 사상에 서로 물들며 정신없이 휘몰아치는 폭풍의 밤을 지나고 고요한 낮이 되는 이성과 의지의 시간이다. 지금 바라보는 것은 칠흑 같은 죽음이 아니라 화사하게 다시 피는 죽음의 시간이다. 무에 이를 수밖에 없다는 완벽한 인식으로 그들은 허무의 바다를 같이 보았고 같이 느꼈던 것이다. 무자비한 순간을 같이 알아낸 시간이었다. 같이 인식하는 시간이었다.

다린은 또 다른 삶의 의미 하나를 얻었다.

시간은 보이지 않는다. 어쩌면 애초에 존재하지 않았는지도 모른다. 인류가 동질적인 것으로 공유하기 위해 만들어낸 일종의 규칙일 뿐. 온 세상이 하얗다. 순결의 시간이다. 처음이라는 것은 시간이 없었음을 이야기하는 것이고, 끝이라는 것은 시간이 없음을 이야기하는 것이다. 시간이 있기 이전의 시간이 있었고, 시간이 끝난 이후의 시간도 있다. 소리 없이 하얀 눈이 내려 소복이 쌓였다. 아무도 발자국을 남기지 않은 벌판. 그러나 모든 것은 시간을 남기고 기억을 남기고 추억하게 한다. 기억은 나만의 것으로 생활의 잣대를 가지게 하고, 추억은 돌아갈 수 없는 것의 그리움이다. 의미 있었던 시간과 의미 없었던 시간은 질적으로 다르다.

'추억. 그래, 추억을 사랑하자. 추억이란 단어를 사랑하자. 추억의 미진한 시간을 사랑하자. 애잔한 혜빈과도 이별하고, 그저 기억 속의 혜빈을 사랑하며, 보이지 않는 집의 열쇠를 하나 가지리라. 조용히 문을 열고 들어가 잔잔한 음악을 틀어놓고 내 몸을 편히 쉬게 할 수 있는, 아담하고 작지만 끝이 보이지 않을 만큼

크기도 한 내 마음속의 집.'

지금 눈이 내려 보이지 않는 우주에는 헤아릴 수 없이 수많은 별들이 반짝이고 있을 것이다. 지금도 어디에선가 사람들은 사랑을 하고 있을 것이다. 언제나 영원할 것처럼.

다린은 이 세상에 혼자인 듯 창밖을 바라보았다.

'눈 위에 눈이 내려 쌓이듯, 시간은 흐름이며 세월 따라 많은 이야기를 만들고 또 퇴색한다. 나의 고통은 의미 있는 것이 될 것이다. 존재 모습이 달라진 경험의 연속이 일생이다. 나에게 의미 있던 시간과 의미 없던 시간이 함께, 지금의 내가 서 있는 이 자리에 내가 있게 한다. 시간은 가혹한 것이다. 그러나 동시에 소중한 것이다. 내가 포용할 수 없던 모든 것을 나는 포용해야 한다.'

몇 시간이 흘렀을까. 저 건너 공사장의 인부들이 칼바람의 추위를 녹이려는 듯 드럼통 속에 불을 피웠다. 붉은 불꽃이 피어올랐다. 붉은 불꽃의 정열, 열정으로 타올랐다.

그러나 다린은 자신이 불꽃을 그냥 불꽃으로만 바라보고 있음을 깨달았다. 정열로도, 열정으로도 보지 않았다. 가슴 시린 불꽃으로도, 타오르지 않은 슬픈 불꽃으로도 보지 않았다.

절대 고독의 자리에 다린은 서 있었다.

인간이 이제껏 자신이 봐왔던 시선으로 보지 않고 새로운 눈으로 사물을 보게 되는 것은 또한 시간이 남긴 서글픈 흔적일지도 모른다. 세계 속의 '나'라는 존재는 끊임없이 자아를 찾아, 모든 껍데기를 벗어던진 참자아를 찾아 인식의 길을 가기 때문에 고독하다. 고독의 자리에서만 '나'를 만날 수 있는 것이다. 누가 '나'의 삶을 이해할 것인가?

'예수의 부활은 영혼을 일으키는 것이 육체를 일으키는 것이고, 육체를 일으키는 것이 영혼을 일으키는 것이라는 걸 말하는 것일 것이다. 영혼은 삶을 영위하게 하는 원리다. 우리에게 다가온 우연성의 순간을 초월하여 자신의 이성이 명령하는, 도덕적 의무와 삶의 권리를 스스로 선택하는 사람은 자유를 알게 될 것이다. 자유를 믿을 때 우리는 용기를 갖고 적극적으로 지난날에 대해 새로운 의미를 부여하며, 자신의 운명을 바꾸고 창조해나갈 수 있는 희망과 용기를 가질 수 있게 된다. 운명이라는 것은 정해진 것이 아니라 스스로의 생을 운송하는 것이니까.'

다린은 성당에 가기 위해 눈 쌓인 새벽길을 나섰다. 하늘은 언제 눈이 내렸냐는 듯이 맑게 개여 있었다. 눈이 쌓여 있는 세상은 고요로 가득 차 있었다. 하늘에서는 무수한 별들이 맑은 눈을 반짝이고, 온 우주가 시원적인 공간 속에 있었다.

'밤하늘의 별 하나가 천억 개 이상의 별들이 모인 은하일 수도 있다. 그런 은하가 우주에 1,250억 개나 있다고 하니 이 거대한 우주 속의 나는 작디작다. 우주를 담고 있는 무한한 시간과 공간 속에 있는 저 별들도 고독해 보인다. 공간이란 개념도, 시간이란 개념도 부질없는 것일지 모른다. 어쩌면 영원이란 살아생전에는 없는 개념일지도 모른다. 우리가 죽어서야 영원 속으로 들어가는 것이 아닐지. 내가 의미를 부여하지 않으면 한없이 외로울 저 별들. 혜빈아, 너는 저 하늘의 별 하나이고, 나는 너를 바라볼 거야. 너는 살아 있는 신화가 되어 내게 수많은 이야기를 하게 되겠지?

지나간 시간은 단 몇 마디의 말로 단순하게 말할 수 있다. 그러나 그 말 속에는 너무나 많은 일상이, 사소한 기쁨과 슬픔, 지리멸렬한 고통, 지루한 권태가 복잡하게 끊임없이 반복되던 그 시간들이 밤하늘의 별처럼 촘촘히 박혀 있다.

새벽 미사에는 사람이 많지 않았다. 다린은 성호를 긋고 앉았다. 온몸으로 성령을 느끼며 눈물을 흘렸다. 엄마 품에 안긴 아이처럼 울었다. 자유와 평화, 안식, 죽음이라는 모든 단어들을 잊고 편안한 마음으로 어린아이처럼 눈물을 흘렸다. 입속으로 가만히 기도를 했다. 어느 누구에게도 말할 수 없던 말을 조용히 소곤거렸다. 가끔은 흐느끼기도 했다. 엄마에게 말하듯 마음 놓고 편안하게 부끄러움 없이 고백했다.

모성은 무조건적인 사랑이다. 길바닥에 주저앉아 두 다리를 버둥거리며 졸라대고, 한없이 응석 부리며 기댈 수 있는, 따뜻한 온기가 식지 않는 등이다. 모성의 존재는 우리에게 가장 큰 위로와, 어떤 어려운 역경과 장애 앞에서도 무릎 꿇지 않고 이겨나갈 힘을 주는 원초적인 큰 힘이다.

다린은 성모님의 따뜻한 온기를 느꼈다. 성모님이 다린을 품에 안고 등을 토닥이시는 것 같았다.

그때에 제자들이 예수께 나아가 가로되, "천국에서는 누가 크나이까?" 예수께서 한 어린이를 불러 저희 가운데 세우시고 가라사대, "진실로 너희에게 이르노니 너희가 돌이켜 어린아이들과 같이 되지 아니하면 결단코 천국에 들어가지 못하리라. 그러므로 누구든지 이 어린아이와 같이 자기를 낮추는 그이가 천국에서 큰 자니라. 또 누구든지 내 이름으로 이런 어린아이 하나를 영접하면 곧 나를 영접함이라."

어린이에게는 생명과 죽음, 전쟁과 기근, 꿈과 어둠, 아이와 어른, 신이 존재하는가 존재하지 않는가의 구별 따위가 없다. 혼돈의 시대를 겪지 않은 만물의 본래 상태로, 무질서의 정형이 없는 원초성의 순수함을 지니고 있다. 인간은 이상이 있어 지상에서 질펀한 길을 걸어간다. 인간이란 철없는 선택과 자기 판단과 결정으로 자신의 생을 살아가는 존재일 뿐이니까.

'최초로 어둡고 춥고 외로웠던 순간과, 고통을 이겨내고 삶의 향기를 찾는 최후의 자리는 같은 자리일 수 있다. 그러나 나는 이제 구원을 이야기하지 않으며 자유를 이야기하지 않는다. 자유로운 사람은 죽음보다 삶에 더 많은 의미를 둘 테니까. 인생의 유일한 의미는 살고 있는 그 자체이기 때문에. 지상에 뿌리내린다는 것은 꿈을, 환상을, 기다림을, 그리움을 잃는 것이 아니다. 잃어버린 꿈을, 지나간 시간을, 기쁨의 순간을, 잊고 싶은 기억까지도 잔잔한 미소로 떠올릴 수 있기 때문에.'

오! 운명의 여신이여

오! 운명이여, 그대 변덕스러움이 달과 같나니
늘 차오르다가 또한 이지러지는구나
제정신을 홀려 희롱하려는지
밉살맞은 인생은 모질게 굴다가도 곰살궂게 달래나니
가멸찬 재산이며 기회며 권력이며 눈 녹듯 사라지도다
운명이여, 모든 이도 없이 멋대로 굴러가는 그대 거대한 수레여
언제나 악의에 가득 차 있으니 나 평안히 지낼 도리가 없구나
그늘에 숨은 채, 베일에 가린 채, 그대 나를 괴롭히니
패배한 나는 헐벗은 내 등을 그대 모진 손아귀에 넘기도다
내 육신의 건강에서나 내 영혼의 덕목에서나
운명, 이제 그대는 나의 적
따뜻한 호의도 부족한 결함도 언제나 그대 뜻에 묶여 있나니
바로 지금, 주저 없이 악기를 들고 떨리는 현을 뜯어 노래하라
운명, 그대는 강한 이를 무너뜨리니

모든 사람은 나와 함께 울어다오

칼 오르프의 〈카르미나 부라나〉를 들으며 다린은 고속도로를 달렸다. 관현악과 합창이 어우러진 곡으로 장엄하고 비장한 느낌이 좋아 다린이 즐겨 듣는 곡이었다. 음역과 음량이 넓고 깊어 장중한 느낌이 들었다.

동해의 푸른 물결이 보고 싶었다.

다린은 자동차 안에서 충만한 고독감과 부족함 없는 행복감에 젖어 있었다. 어느 누구도 의식할 필요 없이 자기 자신을 온전히 느끼는 자유로운 공간. 때로 좋아하는 클래식 곡을 틀어놓으면 나만을 위한 음악관이 되는 곳. 모나지 않은 부드러운 사방이 열리는 곳.

눈 내린 겨울 바닷가에는 아무것도 없었다. 밀려왔다 밀려가는 파도만이 한결같은 이유로 외롭게, 그리고 환하게 홀로 왔다 가기를 반복하고 있었다. 아무것에도 얽매이지 않은 하나의 세계가 있을 뿐이었다. 너와 내가, 삶과 죽음이, 어둠과 밝음이, 욕망과 집착이, 죄와 구속이 없으며 하나로 통일된 바다가 있을 뿐이었다. 파란 하늘이 멀리 있는 아득한 수평선과 부둥켜안고 하나가 되어 있었다. 경계가 없었다.

'저 지독한 허공에 넓은 의미의 사랑을……. 구름 한 점 없어서 더욱 휑한 하늘. 나는 사랑과 자기애를 구분하지 못했는지도 몰라. 사랑을 찾고 있었어. 밖에서. 한 줄기 햇빛에 목말라 하던 내가, 마음속에 햇빛이 가득하고, 눈부신 오늘을 맞이하는 여기까지 오는 데 얼마만큼의 시간이 걸렸는가? 자연은 말이 없다. 나 자신도 자연의 일부일 뿐, 나뭇가지가 하늘을 향해, 태양을 향해 두 팔 벌려 나날들을 살듯, 내 마음속에 내 집을 마련하고 마음의 눈을 통해 자신을 바라보며, 나 자신을 위해 기도하기 위해 신을 믿을 것이다. 우리의 삶은 완전할 수 없을지도 몰라. 나 자신 또한 완전한 인간이 아니다. 완전함이란 신성의 빛이다. 모과나무 뒤로 잘못 뻗어버린 장미 가지가 붉은 꽃을 피워 순간 마음을 환하게 하지만, 곧 꽃은 지고 만다. 불완전한 우리의 삶을 불완전한 것으로 받아들이면, 우리는 미약한 존재임을 알게 된다. 잔잔한 기쁨과 큰 기대가 없는 희망이 조용하게 출렁이는 삶을 다시 살게 될 것이다.' 그것은 매우 특별한 느낌이었다. 마치 자신이 다른 사람이 된 것 같았다.

이제 다린에게 육체와 영혼은 둘이 아니고 하나였다. 보이는 것과 보이지 않는 것, 물질과 정신, 내적인 것과 초월적인 것, 생각과 행동 모두 하나였다. 너의 바다와 나의 바다에 경계가 있다고 믿었지만 저 바다는 애초에 하나였듯, 다린은 스스로 자신의 모습을 내려다볼 수 있었다. 자아의식은 우리가 우리 몸에서 분리되어 자신의 모습을 바라볼 수 있게 한다. 자신을 바라보는 방식은 자신이 가진 인식의 틀이다. 또한 자의식은 다른 사람을 보는 방식에까지 영향을 미친다. 인간의 본성에 대해 관심을 가지게 한다.

삶이란 어떤 통합이나 일관성을 갈망하며 탐색해가는 서사적 과정일 것이다. 영원히 모순되는 모든 것들은 보이지 않는 집에서 곤한 잠에 빠져들 것이다. 다린은 보이지 않는 고향, 내면의 집을 지닐 수 있게 되었다. 내면의 집에는 언제든지 문의 손잡이를 열고 자유로이 드나들 수가 있다. 현재에 갇히지 않고 시간의 일방적 흐름을 차단할 수 있는 곳. 우리의 기억을 불러내어 우리가 우주의 잔인한 시간의 흐름을 잠시 차단하는 유일한 곳. 내면의 집. 내면의 방. 사방이 아득하게 먼 곳까지 열려 있으며, 아무리 멀리 나아가도 벽이 없는 곳. 그곳에는 시간도 없는 현란한 천사의 정원이 있었다.

사람들 대부분은 처음부터 고향이 정해진다. 그러나 그중에는 태어난 곳이 고향이 되지 못하고 미지의 고향을 찾아 헤매는 사람들도 있다. 그들은 고향에 살고 있으면서도 고향을 고향으로 느끼지 못하고, 삶의 여러 환경 속에서 이방인으로 살아가게 된다. 신비의 고향, 마음의 고향을 찾아 수많은 갈등과 실존의 지평을 확인하며 외로운 나그네의 길을 가게 된다.

저 은하의 중심에 있는 블랙홀. 자신 안에 있는 블랙홀을 찾아 모든 집착과 욕망을 털어버리려는 사람들이 있다.

우리의 삶은 부단히 삶의 심연을 밝혀줄 영원한 빛을 향해 도

약과 자기 확인의 길을 간다. 자기 확인의 길을 가는 동안 성장하기 위해 생각과 사상 또한 그 껍질을 벗어던져야 할 때가 온다. 어떤 불멸일지라도 이 지상에서는 의미가 없을지도 모른다. 다만 유한한 것들, 죽음, 존재의 망각에 성냥을 그어, 순간의 빛을 신비롭게 환상의 빛으로 바라볼 때에 비로소 우리의 인생도 짧게 빛나는 순간이 아니겠는가. 신이 존재하지 않는 폐허의 땅에서 삶의 의미와 실존 속의 적막을 어디에 의탁하겠는가.

다린은 바닷가를 걸었다. 〈홈 스위트 홈〉을 가벼운 마음으로 흥얼거리며. 바닷가 모래사장에는 끝이 보이지 않는 하얀 눈밭이 펼쳐져 눈이 부셨다.

오늘 가만히 부르는 〈홈 스위트 홈〉은 어제 부르던 〈홈 스위트 홈〉이 아니었다. 어제까지는 무언가를 간절히 원하는 간구의 노래였지만, 오늘은 따사로움을 느끼며 부르는 기쁨의 노래였다. 오늘의 그녀는 어제의 그녀가 아니었다.

'그래, 오늘이 가고 나면 신성함을 걷으며 내일이 그렇게 오고, 또 다른 내일이 온다 해도, 오늘은 오늘의 태양이 비치고 있어.'

다린이 목에 두른 푸른색 스카프가 눈 시린 맑은 태양 빛에 푸른빛을 더하며 바람에 휘날렸다. 갈매기 한 마리가 수평선을 향해 홀로 외롭게 날아갔다. 혜빈처럼. 다린처럼. 갈매기가 점점 작아져 보였다.

'그래, 홀로 가는 거야. 홀로이면서 둘인 나로. 세찬 바람이 부는 산꼭대기에 서 있다 해도 고독하지 않을 수 있어. 내가 기도할 수 있다면. 내가 나 자신과 슬프지 않고 아름답게 이야기할 수 있으면 외롭지 않을 거야. 두 개의 집, 내 육신을 머물게 하는 집과 내 마음 한가운데 내면의 집을 지니고 삶의 무거움을 나누다 보면 신성한 대지에 단단한 뿌리를 내릴 수 있을 거야.'

기도는 우리 인간이 미지의 우주적인 질서에 의존하는 것이다. 인간 스스로가 자발적으로 하늘을 향하는 길이며, 유한한 생명의 인간이 겸허해지는 자리이다. 인간의 의지로 생이 이루어진다 해도 죽음 앞에서는 무기력한 우리의 존재가 아니던가.

다린은 목에 두른 푸른색 스카프를 풀어 하늘로 날려 보냈다. 스카프는 자유롭게 날아갔다. 마치 자유로운 영혼처럼. 자신이 오랫동안 좋아했던 푸른색 스카프를 그렇게 날려 보냈다.

이제까지 다린 자신과의 이별 의식이었다.

오르골의 청아한 노랫가락을 듣기 위해 태엽을 감고 또 감듯, 단순하게 되풀이되는 삶의 태엽을 다시 감고 있었다.

다린은 아득한 시간의 저편에서 때로 절망과 괴로움의 바람이 불어오리라는 것을 알았다. 자기 삶의 한순간이 다른 순간들처럼 무화(無化)해버리지 않고, 문득 떠올라 죽음과도 같은 괴로움 속으로 빠져드는 날도 있으리라 생각했다. 그러나 세찬 바람이 불어오면 바람의 맨 앞줄에 서서 바람을 이끌고 나아가리라고 다짐했다.

자유롭다는 것은 어떤 구속도 느끼지 않으며, 숙명을 인식함으로써 내적 필연에 따르는 것이었다. 자신의 본성과 하나가 되어 내면의 집에서 무한히 자유로운 생각들을 펼칠 때 느끼는 것이었다. 인간의 의지 또한 가슴 깊이 써늘한 허무주의에 바탕을 둔 것인지 모른다. 그러나 사람이 자기 운명의 주인이니까.

모든 것들은 바다로 향하고 있었다. 강물과도 같이 산과 들을 에돌아 흘러 거친 대양을 거치고 광활한 해협을 지나며 눈과 비를 흡수하고 해안으로 돌아와 수평을 이루며 끝나는 것이었다. 해안에 부딪쳐 고고하게 한 번의 외마디 소리로 부서지는 것이었다. 아무도 손대지 않은 꿈 그대로의 모습으로, 인생은 끝내 바다에 이르기 위한 긴 여정이었다.

어느 누군들 자유롭고 싶지 않은 사람이 있을까.

영혼의 자유, 몸에 대한 천착은 내 영혼을 위한 레퀴엠을 쓰고 나서야 나는 자유로울 수 있었다. 자유, 평화, 안식, 선택, 의미, 가치, 완벽, 절대, 죽음 등등의 단어에서 벗어날 수 있었다.

우리가 정신으로 뛰어넘는 저 아득한 산(山).

한 걸음 한 걸음 산(山)의 정상에 오르고, 정상에서의 휴식도 잠시. 또다시 산(山)의 아랫마을에 도달해서야 나의 집, 나의 몸에 이른다. 내가 머물 곳에 다다른다.

우리가 마음 깊이 거부하는 것들은 우리가 받아들여야 하는 것이었고, 우리가 십자가를 지고 가는 길이 아니라 보듬어 안고 가야 하는 길이었다.

오랜 시간 동안 찾아 헤맨 것이, 돌아온 이 자리가, 결국 종래의 '나', 이 자리가 아니던가.

첫 시집 상재 후, 7년 동안 세 권 분량의 시를 썼다. 한 권은 2002년 시집으로 묶었고, 스스로 철해놓은 한 권의 3분의 2는 이미 여러 지면을 통해 발표되었다. 또 한 권 분량의 시는 노트 속에 남아 있다.

시 한 줄 오지 않는 1년 6개월이었다.

정신적 공황. 누군가를 만나고, 이야기할 수조차 없는 심한 정신의 고요함 속이었다. 또한 고요의 적막은 머무름 속에 나태가 되어갈 때쯤, 자아의 정체성 그 뒤가 궁금해질 때쯤. 인간은 망각의 동물.

잊혀져가는 기억을 붙들고 지나온 인식의 궤적을 다시 소설로 쓰기 시작했다. 아버지가 주신 만년필로 원고지 300매를 써놓았던, 서랍 속의 그 원고를 다시 꺼내어 쓰기 시작했다.

소설이 마무리되어 가는 작년 초에 나의 아버지는 돌아가셨다. 20년 전, 시인이 되었다고 축하선물로 주신 만년필을 남겨놓으시고.

이 책이 나오도록 도와주신 모든 분들께 감사드린다.

나를 있게 한 아버지께 이 소설을 바치고 싶다.

2012년 1월

이옥진